KB206313

고래동
천원 공부방

고래동 천 원 공부방

글 강효미 | 그림 손지희

펴낸날 2017년 3월 31일 초판 1쇄, 2021년 7월 20일 초판 4쇄

펴낸이 김상수 | **기획·편집** 서유진, 권정화, 조유진, 이성령 | **디자인** 문정선, 조은영 | **영업·마케팅** 황형석, 임혜은

펴낸곳 루크하우스 | **주소** 서울시 서초구 사임당로 50 해양빌딩 504호 | **전화** 02)468-5057 | **팩스** 02)468-5051

출판등록 2010년 12월 15일 제2010-59호

www.lukhouse.com cafe.naver.com/lukhouse

상상의집은 (주)루크하우스의 아동출판 브랜드입니다.

고래동
1000 천원 공부방

상상의집

작가의 말

　　가정 형편이나 아파트의 브랜드, 부모의 직업 때문에 초등학교 안에서
왕따나 놀림이 일어난다는 뉴스를 본 적이 있어요. 처음엔 무척 충격이었어
요. 그러다 아이들이 왜 그런 행동을 하게 되었을까 생각해 보았지요. 요즘
은 어떤 기준을 세워 놓고 흙수저니 금수저니 하는 말들을 아무렇지 않게
내뱉으며 서로 눈에 보이지 않는 계급을 만드는 것 같아요. 그 기준은 아마
도 돈이겠지요. 게다가 어른들이 오히려 아이들에게 불공평함을 받아들일
줄 알아야 한다고 주입시키고 있는 것이 아닌가 하는 생각이 들었어요. 돈
과 권력, 사회적 지위 등을 얼마만큼 가졌느냐에 따라 아이의 평생이 결정
된다고 믿는 곳, 죽도록 노력한다고 해서 성공이 보장되지 않는다며 불안해
하는 곳. 그게 바로 우리 사회의 모습이에요.

　　이 이야기의 배경은 머리말(머리마을)과 꼬리말(꼬리마을)이라는 두 마
을이 공존하고 있는 고래동이에요. 아이들은 머리말에 살든 꼬리말에 살
든 고래동에 단 하나뿐인 고래초등학교에 다녀야 해요. 그런데 학년이 올라
갈수록 고래동 아이들은 머리말과 꼬리말 사이에 보이지 않는 벽을 느끼게
돼요. 그러던 어느 날, 주인공 차노는 문득 생각해요.

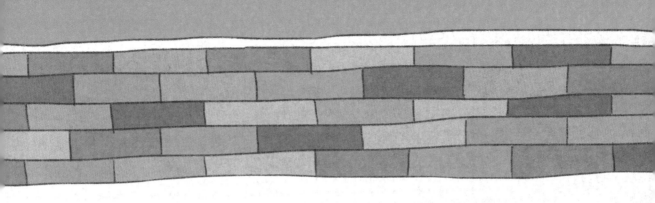

'이게 과연 공평한 걸까? 공평하다는 것, 불공평하다는 것은 뭘까?'

아이들은 자신도 모르게 이미 돈으로 나뉜 보이지 않는 계급을 무의식적으로 받아들이고 있었는지도 몰라요. 그러다 서로의 환경과 가진 몫이 다르더라도 누구나 정의롭고 행복한 세상을 만들기 위해 맞서 싸울 수 있다는 사실을 깨닫고 이기적인 어른들에 맞서 피켓을 들게 되지요.

슬프게도 피켓을 든 몇 명의 아이들 때문에 세상은 뒤바뀌지 않을 확률이 커요. 하지만 고군분투하는 아이들의 모습을 통해 저는 희망을 전하고 싶었어요. 아이들의 정의로운 행동이 불공평한 세상에 작게나마 균열을 일으킬 수 있다는 희망 말이에요. 그리고 작은 용기들이 모아진다면 분명히 세상은 좀 더 나은 방향으로 바뀔 수 있다고, 이야기를 마치면서 저는 정말 믿게 됐어요.

차노와 이랑이의 용기 있는 행동이, 이 동화를 읽는 어린이들에게도 큰 위로와 힘이 되었으면 좋겠다는 생각을 하며 제가 사랑했던 고래동과, 소박했던 천 원 공부방을 이제 보내 주려고 해요. 제가 이 이야기를 쓰며 기뻤던 만큼, 이 글을 읽는 모든 분들께 희망과 용기가 전해지길 바랍니다.

강효미

캐릭터 소개

이차노

주인공. 고래초 4학년 남자아이. 개구쟁이지만 정의감이 살아 있는 소년. 이랑이와 단짝 이성 친구이다. 고래동의 꼬리말(꼬리마을)에 살고 있다.

한이랑

주인공. 고래초 4학년 여자아이. 개구쟁이에 철없고 덜렁대고 순수한 소녀. 고래동의 머리말(머리마을) 최고급 아파트에 살고 있다. 이차노와 짝꿍이자 가장 친한 단짝 친구. 발달 장애를 가진 사촌 동생 주랑이가 있다.

오주랑

이랑이의 사촌 여동생. 발달 장애를 가졌다. 티 없이 밝고 순수한 개구쟁이 1학년.

강대철

꼬리말(꼬리마을)에 사는 모범생. 차노, 이랑이와 한 반이다. 강직하고 융통성이 없다. 머리말 아이들에게 지는 걸 싫어한다.

할쌤

교장 선생님으로 은퇴한 괴짜 할아버지. 형편이 어려운 꼬리말 아이들을 위해 천 원 공부방을 연다.

이랑이 엄마

머리말 고급 아파트에 사는 가정주부. 이랑이와 동네 일에 적극적이다. 세련되고 조금 이기적이다.

차노 엄마

꼬리말에 사는 차노의 엄마. 마트 계산원으로 일한다. 고래동 집값이 떨어질까 봐 특수학교 설립에 반대한다.

차노 아빠

꼬리말에 사는 차노의 아빠. 마트 배달원으로 일한다.

차례

"강우식 48점, 김나래 100점, 김오운 92점……."

잔인한 선생님! 쪽지시험의 점수를 저렇게 큰 목소리로 외치시다니.

선생님의 목소리가 쩌렁쩌렁 울릴 때마다 "으으" 하는 친구들의 목소리도 여기저기서 들려왔다.

"으으. 제발요, 쌤!"

"제 점수는 부르지 마세요. 네?"

하지만 얼음마녀인 선생님한테 통할 리 없다.

"쉿! 모두 조용히 하세요. 안미래 70점, 윤희나 95점, 이차노 66점."

드디어 내 점수가 불려졌다. 66점. 4학년이 되자마자 본 쪽지시험에서 겨우 66점이라니! 나의 4학년은 66점짜리가 될 게 뻔하다.

"그리고 마지막으로 한이랑 90점."

이랑이는 내 짝꿍이다. 흘끔 이랑이를 보니까 기분이 좋은지 입꼬리가 잔뜩 올라갔다. 수업 시간에 노트에 그림을 그리거나 딴짓만 하는 이랑이가 90점을 맞다니. 뒤통수가 찌릿했다. 방학 동안 과외를 열심히 받았다더니 그래서인가?

선생님이 나눠 준 시험지를 받아 들고 보니 앞면은 맞은 문제보다 틀린 문제가 더 많다. 붉은 소낙비가 죽죽 내렸다. 이랑이가 내 시험지를 보려고 목을 길게 뺐다.

"어? 1번 문제를 틀렸네?"

쥐구멍에라도 숨고 싶다.

"이거 우리 과외 쌤이 중요하다고 한 건데. 내가 가르쳐 줄까?"

"아니."

나도 자존심이 있지. 이랑이에게 배우고 싶지는 않다. 평생 1번 문제의 답을 모르게 될지라도.

"3번 문제도 틀렸네? 이것도 우리 과외 쌤이 중요하다고 몇 번이나 강조하신 건데."

이랑이는 수학, 영어는 과외를 하고 그 밖에도 학원을 세 개나 더 다닌다. 피아노 개인 레슨도 받는다. 나는 겨우 수학 학원 하나만을 다닐 뿐이다. 지금 다니는 수학 학원만으로도 엄마는 벅차다고 했다.

"영어 학원 다닐래, 수학 학원 다닐래? 너 작년에 수학 점수 별로였지?"

이 한마디에 나는 수학 학원에 다니기로 결정되었다. 얼마 전 학교 앞에 새로 생긴 영어 학원에는 원어민 선생님이 두 분이나 계신다고 했다. 학교에서 배운 영어를 학원에 가면 언제든 말해 볼 수 있다고 했다. 하지만 영어 학원에 다니고 싶으면 수학 학원을 관두어야 한다. 나는 꼬리말에 사니까.

머리말에 사는 친구들과는 다르니까.

　그러고 보니 낮은 점수를 받은 친구들은 대부분 꼬리말, 높은 점수를 받은 친구들은 대부분 머리말이다. 아파트 때문에 햇빛이 안 든다고 불평하는 것은 어른들 이야기일 뿐, 우리들은 머리말에 살든 꼬리말에 살든 상관없이 친하게 지내 왔다.

　그렇지만 오늘처럼 시험 성적이 공개될 땐 머리말과 꼬리말 사이에 보이지 않는 유리벽이 있는 것만 같다.

　내가 살고 있는 고래동은 지형이 고래의 모습을 닮았다고 해서 고래동으로 이름 붙여졌다. 고래의 머리 부분에 자리 잡은 윗마을을 머리말, 꼬리 부분에 자리 잡은 아랫마을을 꼬리말이라고 부른다. 머리말은 최고급 아파트로 즐비하고, 꼬리말은 좁디좁은 골목 양쪽으로 작은 집들이 촘촘하다.

　내가 다니는 초등학교는 고래의 중간 부분에 자리 잡은

고래초등학교다. 초등학교는 한 군데뿐이니까 머리말에 살든 꼬리말에 살든 무조건 고래초등학교에 다녀야 한다. 이마에 '머리말' 혹은 '꼬리말'에 산다고 이름표를 붙이고 다니는 것도 아니니 우리는 동네와 상관없이 자연스럽게 친해졌다. 물론 친구가 되고 보면 서로가 어느 동네에 사는지 알게 되기는 했지만 그렇다고 크게 달라질 것은 없었다. 나와 이랑이가 단짝이 된 것처럼 머리말이든 꼬리말이든 그런 건 우리에게 큰 의미가 없었다. 적어도 지금까지는.

앞자리의 대철이가 짝꿍 선혜에게 툭 쏘아 대는 말이 들렸다.

"쳇. 과외 하니까 뭐."

아무래도 머리말에 사는 선혜가 시험을 잘 본 게 대철이한테는 아니꼬웠나 보다. 대철이는 학원 수업도 과외 수업도 받지 않지만 꼬리말에서 공부를 가장 잘한다. 하지만 이번에는 선혜보다 낮은 점수를 받았다.

"과외 하는 게 뭐 어때서? 매일 힘들게 과외 받으니까 성적이 더 잘 나오는 건 당연한 거 아니야?"

선혜도 지지 않고 말했다.

"맞아. 노는 시간도 없이 공부하는 게 얼마나 힘든데."

이랑이도 거들었다. 그러면서 한마디 더 쏘아붙였다.

"공부도 안 하고 좋은 성적 받으려고 하는 건 놀부 심보 아니야?"

놀부 심보라고? 놀부 심보라는 말이 마음을 콕 찔렀다. 과외도 받지 않고 좋은 성적이 나오는 걸 기대하는 게 놀부 심보인가? 대철이는 과외를 하거나 학원을 다니지는 못해도 누구보다도 열심히 공부하는데…….

대철이는 더 할 말이 없는지 입을 꾹 다물어 버렸다.

수업이 시작되자 이랑이는 공책 맨 뒷장에다가 공주 그림을 그리기 시작했다.

"이랑아! 한이랑!"

얼마나 열심히 그리는지 선생님이 불러도 몰랐다.

내가 이랑이의 팔을 툭 치자 그제야 정신이 번쩍 든 듯 공책을 덮었다.

"이랑이 또 딴짓하면 그땐 혼날 줄 알아요."

이랑이는 입을 삐죽거리며 내게 속삭였다.

"나, 저거 이미 다 배운 건데! 흥."

나와 이랑이는 매일 학교 앞 슈퍼에서 과자를 사서 나눠 먹고 머리말과 꼬리말로 나뉘는 갈림길에서 헤어진다.

"우리 집에서 숙제하고 가자."

이랑이와 나 사이에도 보이지 않는 유리벽이 생긴 걸까? 괜히 심술이 났다.

"너 과외 해야 하잖아?"

"아니야. 나 오늘 과외 없어."

어차피 나도 오늘은 수학 학원에 안 가는 날이니까 괜찮긴 한데……

그때였다. 1학년으로 보이는 애들이 엄마 손을 잡고 가는 여자애를 가리키며 신나게 떠들어 댔다.

"아줌마! 얘는 바보예요?"

"바보 아니란다."

"그런데 왜 말도 잘 못하고 자기 이름도 못 써요?"

"어디서 전학 왔냐고 물었는데 모른다고만 했어요."

"수업 시간에도 막 교실을 돌아다녔어요."

아줌마는 애들한테 화도 안 내고 부탁하는 표정으로 말했다.

"주랑이는 너희들이랑 똑같은 친구란다. 조금 느릴 뿐이야. 너희들 우리 주랑이와 잘 놀아 줄 거지? 응?"

나는 무슨 일인지 궁금했지만 이랑이가 나를 확 잡아 끌었다.

"빨리 우리 집에 가자. 빨리."

이랑이는 얼굴이 빨개져서 꼭 화가 난 것 같았다.

"그, 그래!"

이랑이네 아파트는 머리말에서도 가장 크고 좋다. 놀이터도 흙이 아닌 폭신폭신한 스펀지가 깔려 있어서 넘어져도 아프지 않았다. 미끄럼틀도 꼬리말 놀이터에 있는 것보다 훨씬 재미있었다. 우리는 놀이터에서 시간 가는 줄 모르고 실컷 놀았다.

이랑이네 집에 도착했을 때 이랑이네 아줌마는 화가 잔뜩 난 표정으로 소리쳤다.

"한이랑! 너 왜 이렇게 늦게 와? 과외 선생님이 얼마나 기다리셨는지 알아?"

"오늘 과외 없는 날이잖아?"

"내일 외할머니 제사라 오늘로 바꿨다고 말했잖니?"

"아, 맞다, 맞다! 엄마! 나 과외 하는 동안 차노랑 같이 있어도 되지?"

이랑이는 책가방을 얼른 내려놓고 나를 잡아끌었다. 방에 들어서니 예쁘게 생긴 선생님이 이랑이를 기다리고 있었다.

"이랑이, 안녕?"

"선생님. 안녕하세요?"

선생님은 목소리도 고왔다. 이랑이는 어깨를 으쓱이며 내게 말했다.

"우리 영어 과외 선생님이야!"

"안녕하세요?"

나도 쭈뼛쭈뼛 인사를 했다.

"오늘은 친구도 함께구나. 자, 수업을 시작해 볼까?"

선생님의 목소리는 달콤한 사탕 같았다.

"오늘은 노래로 영어 단어를 외워 볼 거야. 선생님을 따라 해 보자. 월요일은 뭔 날이야? Monday. 화요일은 Tuesday. 수요일은 왠지 Wednesday지. 목요일은 Thursday. 금요일은 계란 Friday. 토요일은 Saturday. 일요일은 해 뜨는 Sunday."

노래로 들으니 어려운 단어들이 귀에 솔솔 감겼다.

"자, 이제 이랑이도 함께 불러 보자."

"네! 월요일은 뭔 날이야? Monday. 화요일은 Tuesday. 수요일은 왠지 Wednesday지. 목요일은 Thursday. 금요일은 계란 Friday. 토요일은 Saturday. 일요일은 해 뜨는 Sunday."

이랑이가 노래를 부르는데 나도 모르게 따라서 흥얼거려졌다. 선생님이 나를 보더니 빙그레 웃었다.

"차노도 같이해 볼까?"

"저도요?"

"그래! 같이 하자."

우리 셋은 신나게 노래를 불렀다. 수업을 시작한 지 20분도 안 된 것 같은데 벌써 영어 단어를 스무 개도 넘게 외웠다. 한참 재미있는데 배가 슬슬 아파왔다. 아이참, 배는 눈치도 없지.

"저 잠깐만 화장실 좀!"

시원하게 일을 보고 나오니까 이랑이 엄마가 손짓했다.

"차노야. 방 안은 지루할 테니까 아줌마랑 여기 있자."

아줌마는 이랑이가 공부하는 데 내가 같이 있는 게 싫은 모양이었다. 할 수 없이 소파에 엉거주춤 앉았다. 방 안에서

는 계속해서 선생님과 이랑이의 노랫소리가 들려왔다.

"엄마는 잘 계시지?"

"네."

"오늘 시험, 차노는 몇 점 맞았니?"

또다시 쥐구멍에라도 숨고 싶었다.

"6… 66점이요."

"아, 그러니? 시험이 어려웠나 보구나. 우리 이랑이는 잘 봤는지 모르겠네. 그런데 차노는 무슨 과외 하니?"

"과외는 안 해요."

"어머, 그러니? 그럼 학원은 몇 개 다니니?"

"수학 학원 하나요."

"어머. 세상에!"

이랑이네 아줌마는 정말로 놀란 표정이었다.

"너희 엄마도 참 대단하시다, 얘. 요즘 같은 세상에 어떻게 학원을 하나만 보내신다니? 저학년 때면 몰라도 이제 4학년인데 걱정도 안 되신다니? 하긴 뭐, 차노가 알아서 잘

하니까 엄마도 그러시겠지. 우리 이랑이는 혼자 공부할 줄을 몰라서 이 아줌마가 너무 걱정이다."

마침 전화벨이 울렸다. 살았다 싶었다.

"여보세요? 그래, 오늘 주랑이 학교 첫날이었지? 어땠니? 어머. 애, 울지 마. 그 정도 각오도 안 하고 일반 학교 보낸 거 아니잖니? 네가 마음을 독하게 먹어야 주랑이도 학교 적응을 잘하지. 응. 응. 그랬구나."

주랑이라면, 아까 학교 앞에서 애들한테 놀림받던 여자아이랑 이름이 똑같네? 분명히 아줌마가 주랑이라고 말하는 것을 들었는데…….

"주랑이도 곧 친구를 사귈 수 있을 거야. 특수학교? 물론 특수학교를 다니면 좋겠지만 특수학교는 통학 거리가 너무 멀잖니. 네가 우리 아파트 단지로 이사 와서 얼마나 좋은지 몰라. 이 언니가 많이 도와줄 테니까 힘내. 응?"

그러니까 주랑이의 엄마가 이랑이네 아줌마의 동생이니까……. 주랑이와 이랑이는 사촌지간인가 보았다. 그런데 아까 이랑이는 왜 주랑이를 모른 척했을까? 전화 통화에 좀 더 귀를 기울이려는데 이랑이의 과외 수업이 끝났다. 선생님이 돌아가고 나서 우리는 같이 학교 숙제를 했다. 숙제를 다 하고 집에 오니 벌써 날이 어둑했다.

"어디서 이렇게 놀다 와?"

엄마가 부은 종아리를 주무르면서 툭 쏘아붙였다. 엄마는 동네 마트에서 하루 종일 서서 일하느라 밤이면 다리가 퉁퉁 부어 힘들어 한다. 같은 마트에서 배달 일을 하는 아빠도 배달이 밀리는 날에는 아홉 시가 넘어야 퇴근을 한다.

"놀다 온 거 아니거든!"

나도 모르게 방문을 소리 나게 닫았다. "쾅" 하는 소리에 내가 더 놀랐다. 다시 슬그머니 방문을 열고 말했다.

"……일부러 세게 닫은 거 아니야."

"저녁 먹게 얼른 씻어."

"응……."

참 이상하다.

오늘은 괜히 심술이 많이 난다. 그냥, 막 심술이 난다.

"선생님이 교무실에 다녀올 동안, 24페이지의 영단어를 모두 외워 두도록 하세요. 다녀와서 바로 쪽지시험을 볼 테니까요."

쪽지시험이라는 말에 친구들의 입에서 '으아.' 하는 한숨이 새어 나왔다.

24페이지를 펴니 영어 단어들이 눈에 익었다.

"이거 며칠 전에 우리 과외 선생님이 알려 준 거잖아. 기억나지?"

이랑이가 눈을 찡긋했다.

"응. 기억나."

며칠 전에 배운 건데도 입안에서 노랫말이 흥얼거려졌다.

"우린 다 외웠으니까 공책에 오목 두고 놀자."

"그래!"

요즘 우리 반에서는 오목 두기가 대유행이었다. 공책에다가 바둑판처럼 선을 그려 넣고 연필로 흰 돌, 검은 돌을 그려 넣으면서 가로나 세로로 돌 다섯 개를 놓으면 이기는 게임이었다. 한참 재미있게 킥킥거리면서 오목을 두고 있는데 갑자기 대철이가 빽 소리를 질렀다.

"좀 조용히 하면 안 돼?"

그리고 짜증이 가득 섞인 목소리로 덧붙였다.

"특히 머리말 애들!"

"왜 머리말 애들더러 조용히 하래?"

선혜가 발끈했다.

"지금 떠드는 애들 다 머리말 애들이잖아?"

"아니거든? 증거 있어?"

왜 내 뒤통수가 찌릿한 거지? 오목 두면서 킥킥거린 게 마음에 걸렸다. 평소 같으면 나도 단어를 열심히 외웠을 텐데, 외우지 않아도 된다는 생각에 너무 신이 나게 놀았다.

"우리는 다 아니까 외울 필요가 없어서 떠든다, 왜! 영단어는 미리미리 외워 와야지 수업 시간에 외우는 게 어디 있어?"

좀 가만히 있으면 좋겠는데 갑자기 이랑이도 큰 목소리로 따져 물었다. 대철이는 화가 잔뜩 났는지 씩씩거렸다.

"대철아. 화내지 마. 조용히 할게."

나는 우선 대철이를 말렸다. 그냥 뒀다가는 더 큰 싸움이 될 것 같았다. 다행히 곧 선생님이 돌아왔다.

"다 외웠지요?"

"네!"

큰소리로 대답하는 이랑이가 조금은 얄미웠다.

"그럼 시험 볼게요."

나는 82점을 받았다. 4학년이 돼서 본 시험 중 가장 잘 나온 점수였다. 이랑이는 100점이었다.

대철이는 60점이었다. 대철이는 쉬는 시간에도 분이 안 풀리는지 계속 씩씩거렸다.

방과 후, 이랑이와 갈림길에서 헤어지고 집에 돌아오는데 지하 가겟방에 낯선 간판이 보였다.

천 원 공부방

천 원 공부방이라고? 무슨 공부방 이름을 천 원이라고 지었을까? 만 원도 아니고 말이다.

"여기 오랫동안 비어 있던 가게 자리잖아?"

돌아보니 대철이였다. 궁금한 건 대철이도 마찬가지인가 보았다.

"응. 수선집 문 닫고 반년이나 비어 있던 곳인데……. 부동산 아저씨가 자리 안 나간다고 맨날 불평이셨잖아."

"여기 공부방이 들어왔나 봐."

"그런데 공부방 이름이 이상하다. 그치?"

"응. 천 원이라니?"

그때였다.

"이상하긴 뭐가 이상하냐!"

아이코, 깜짝이야. 지상으로 난 작은 창문 안쪽에서 쩌렁쩌렁한 목소리가 들려왔다.

"천 원만 받으니까 천 원 공부방이라고 이름 붙인 게 당연하지!"

곧 계단을 오르는 발소리가 들려오더니 문이 벌컥 열렸다.

머리는 백발이지만 주름살은 거의 없는, 얼굴과 이마에서 반질반질 광이 나는 할아버지였다. 할아버지는 위에서 아래로, 다시 아래에서 위로 우리 둘을 훑어보시더니 말했다.

"보아하니, 너희들……. 공부 못하지?"

"아니에요! 저는 못하지만 얘는 잘해요."

나는 대철이를 가리키며 말했다.

"둘 다 여기 꼬리말에 사느냐?"

"네."

"이름은?"

"저는 이차노, 얘는 강대철이에요."

"공부방 다녀 볼 생각은 있고?"

"그게……, 정말 천 원만 받으세요? 설마 5분당 천 원, 뭐 이런 건 아니죠?"

"예끼! 내가 오락기도 아니고 그렇게 돈을 받을 사람처럼 보이더냐?"

할아버지는 목소리를 가다듬더니 검지를 펴서 우리 얼굴에 들어 보이며 말했다.

"하루에 천 원! 단돈 천 원이면 시간 무제한! 과목 상관없이! 국어면 국어, 영어면 영어, 수학이면 수학, 뭐든 다 가르쳐 준다!"

'딱 봐도 사기꾼이네.'라는 눈빛으로 대철이에게 눈길을 주니 대철이는 할아버지의 말에 완전히 집중하고 있었다. 이 공부방의 정체가 꽤나 궁금한 눈치였다.

"정말 하루 천 원에 모든 과목을 다 가르쳐 주세요?"

"속고만 살았더냐? 내가 이래 봬도 초등학교에서 아이들을 40년 동안 가르치고 작년에 갓 퇴직한 따끈따끈한 몸이란 말씀! 내 평생소원이 퇴직 후 무료 공부방을 열어 공부하고 싶은 아이들은 누구나⋯⋯."

"그런데 왜 무료가 아니에요?"

"허허! 너는 공부가 아니라 예의범절부터 먼저 배워야겠구나."

"죄송해요."

대철이는 머리를 긁적였다.

"그런데 왜 천 원을⋯⋯."

"예끼!"

이번에는 할아버지가 대철이의 말을 딱 끊으며 냅다 호통을 쳤다.

"월세는 어디 땅 파면 나온다더냐? 저 쬐그만 지하방이 월세가 얼만지 아느냐?"

이번에는 대철이도 '이 할아버지 사기꾼 아냐?'라는 눈빛으로 날 곁눈질했다.

눈치가 심상찮았는지 할아버지가 우리 둘을 억지로 계단으로 욱여넣었다.

"좋다, 좋아! 개업 기념으로 오늘은 니들이 좋아하는 '공짜 서비스'를 해 줄 테니 우선 들어와 보거라."

"어어. 할아버지 왜 이러세요?"

"허허. 공짜라니까, 공짜? 공짜면 양잿물도 마신다지 않더냐?"

얼떨결에 입장한 공부방은 생각보다 아늑했다. 곳곳에 크고 네모난 책상들이 놓여 있었고 칠판과 컴퓨터 두 대, 다양한 동화책들까지 갖추고 있었다.

"그럴듯하지 않느냐? 에헴."

대철이는 무척 마음에 드는지 아예 책가방을 벗어서 내려놓았다.

"할아버지! 그럼 영어 좀 가르쳐 주세요. 내일 학교에서 배울 부분 좀 미리 알려 주세요."

"참. 내가 아직 말을 안 했던가? 우리 천 원 공부방에 선행학습은 없다!"

"예? 뭐가 그래요?"

"예끼! 학교 수업만큼 좋은 게 어디 있느냐? 이 할아비도 학교에서 아이들을 40년 동안 가르쳤다고 하지 않았더냐? 우리 공부방은 무조건 그날그날 학교에서 공부한 것을 복습하는 곳이다. 알겠느냐?"

대철이는 슬그머니 책가방을 다시 어깨에 멨다.

"왜? 벌써 가려고?"

"아……. 하하."

"내일부터 꼭 나오거라. 단돈 천 원만 가지고 말이다. 이 할아비가 정말 잘 가르쳐 줄 터이니.”

호통을 치던 목소리는 어디 가고 할아버지는 다정하게 연기를 하며 우리에게 말했다. 우리는 한참 만에야 겨우 천 원 공부방을 빠져 나올 수 있었다.

“너 어쩔 거야?”

“나는······.”

대철이는 고민하는 표정이었지만 싫지만은 않은 듯했다.

“어차피 공부할 곳이 필요하긴 했어. 우리 할아버지가 밤에 불을 못 켜게 하셔서.”

대철이네는 얼마 전부터 할아버지를 모시고 살게 됐는데 방이 모자라 대철이가 할아버지와 방을 함께 쓴다고 했다. 그 후로 영 공부를 하지 못한 것 같았다.

“천 원이면 간식비를 아끼면 되고······. 사실 나도 학원 같은 데 한번 다녀 보고 싶었거든. 너는 어쩔 건데?”

“나? 나는······.”

목소리도 곱고 재미나게 가르쳤던 이랑이네 과외 선생님

이 떠올랐다. 하지만 내가 이랑이네 과외 선생님에게 영어를 배울 수는 없는 노릇이니까.

"좋아. 나도 내일부터 나와 볼래."

텔레비전을 보면서 저녁밥을 기다리는데 아빠가 상을 차리면서 말했다.

"이차노! 아주 만화 속으로 들어가겠다!"

"아이~. 아빠. 곧 끝나."

"너 내일부터는 저녁 먹기 전까지 저기 공부방에라도 있다가 와라."

"공부방? 아빠도 천 원 공부방을 알아?"

"아까 퇴근길에 오다 보니까 생겼던데."

엄마도 구운 햄을 담은 접시를 상에 놓으며 거들었다.

"안 그래도 이 엄마도 들었어. 꼬장꼬장한 면이 좀 있으시지만 아주 실력이 좋은 할아버지 선생님이란다. 미애 엄마의 초등학교 은사님이셨다지 뭐야? 평생 꿈이, 가난해서 공부할 기회를 얻지 못하는 아이들을 위해 은퇴 후 무료 공부방을 여시는 거였대.”

“훌륭한 분이시군. 우리 차노는 수학 학원이라도 다니지만 여기 꼬리말 아이들 대부분이 사교육은 꿈도 못 꾸잖아?”

“당신도 알겠지만, 사교육은커녕 학교 준비물도 제대로 챙기지 못하는 아이들도 좀 있어. 꼬리말 주민회에서 그런 아이들을 돕고는 있지만 공부까지는 가르칠 수 없었는데 정말 잘됐지 뭐야?”

“그런데 공부방 이름이 왜 천 원 공부방이야?”

“공부방 이용료가 하루에 천 원이래. 수업료를 조금이라도 받아야 아이들이 돈을 냈다는 생각에 열심히 할 거라는 할아버지 선생님의 깊은 뜻이라나? 하지만 정말로 형편이 좋지 못한 아이에게는 받지 않으실 거래.”

“허허. 그렇군. 재미있는 분이실 것 같네.”

엄마와 아빠의 주거니 받거니 이야기를 듣고 있자니 궁금해졌다.

할아버지가 형편이 어려운 우리 꼬리말 아이들을 위해 공부방을 여신 거라고? 할아버지는 정말 좋은 분이신 걸까?
할아버지가 나와 대철이에게 호통을 치시던 모습이 떠올랐
다. 목소리만 크시지 사실 무섭지도 않았다.

"안 그래도 내일부터 대철이랑 다녀 보기로 했어."

"그것참 잘됐구나. 대철이는 열심히 하는 애니까 우리 차
노가 배울 점도 많을 테고."

아빠가 저녁상을 번쩍 들어 거실로 가져왔다. 온 가족이
모여 앉아 먹는 밥은 꿀맛이었다.

방과 후, 대철이와 천 원 공부방으로 달려갔다.

입구와 지상으로 난 창문이 활짝 열려 있었다. 그래도 어
쩐지 쭈뼛쭈뼛하고 있는데 우리를 본 할아버지가 단숨에 뛰
어올라왔다.

"왔구나! 올 줄 알았다!"

공부방으로 내려가 보니 이미 1~2학년으로 보이는 애들

몇몇이 공부를 하고 있었다.

"보다시피 벌써 이렇게 북적거리는구나."

전혀 북적이는 풍경은 아니다.

"곧 이 공부방이 꽉 차게 되겠지."

할아버지는 흐뭇한 표정으로 우리를 향해 손바닥을 내밀었다.

"손바닥은 왜……."

"줄 걸 줘야 하지 않겠느냐?"

"줄 것이라면……."

"아!"

눈치 빠른 대철이가 재빨리 호주머니에서 꾸깃꾸깃한 천 원을 꺼내 할아버지의 손바닥에 올려놓았다. 나도 얼른 지갑에서 천 원을 꺼냈다.

"잊지 말아야 한다. 하루에 천 원! 깎아 주는 것도 없지만 절대 인상도 없어! 이 공부방이 없어지는 날까지 말이다."

그때였다.

"할쌤! 이것 좀 가르쳐 주세요."

"할쌤! 저두요!"

1학년 아이들이 손을 들고 할쌤을 찾아 댔다. 할쌤? 할아버지가 우리를 향해 눈을 찡긋하더니 말했다.

"할쌤. 앞으로는 나를 이렇게 부르거라!"

"할쌤이라고요?"

"할아버지 선생님의 줄임말이지! 어때, 재미나지?"

호통을 치던 쩌렁쩌렁한 목소리는 어디 가고 1학년을 대하는 할쌤은 놀랍도록 나긋나긋했다.

대철이와 나는 책상에 앉아 오늘 학교에서 공부한 교과서를 폈다. 텔레비전 만화를 볼 시간에 교과서를 펴 놓고 있으려니 하품이 나왔다.

"그러다 턱이 빠져 버리면 어떡하려고 그러느냐?"

깜짝 놀라 보니까 어느새 할아버지가 우리 앞에 앉아 계셨다.

"오늘 학교에서 사회를 공부한 모양이지? 그래. 오늘 사회 시간에 무엇을 배웠는지 말해 보거라.”

“아, 그게……. 이 부분, 이 부분을 배웠어요.”

대철이가 사회 교과서를 가리키며 말했다.

“아니, 이 부분이 대체 어딜 말하는 게냐? 더 자세히 말
해 주어야 할 것 아니냐?”

“아, 그게 3단원 민주주의와 주민 자치 부분에서 민주주
의에 대해 배웠는데요…….”

“그래. 민주주의에 대해 무얼 배웠느냐?”

할아버지의 목소리가 점점 올라갈수록 대철이의 목소리는
점점 작아졌다.

“그게…… 민주주의가 무엇인지…….”

“민주주의가 무엇인지 배웠다고? 민주주의가 뭐냐?”

“그게…….”

“오늘 학교에서 배웠다면서? 민주주의가 무엇이냐?”

“그게…….”

대철이는 꿀 먹은 벙어리가 되었다.

"자꾸 '그게, 그게'만 반복할 테냐? 학교에서 배웠다며? 좋다. 그럼, 차노가 말해 보거라."

"네? 저요? 그니까, 그게 뭐냐면요……."

마침 1학년 아이가 또 할쌤을 찾았다. 휴. 살았다. 할쌤이 잠시 다니러 간 사이 얼굴이 새파래진 대철이가 나에게 속삭였다.

"야. 이거 아무래도 수상해."

"그렇지?"

"가르쳐 주시지는 않고 자꾸 우리한테 묻기만 하시잖아."

"혹시…… 아무것도 모르시는 것 아닐까? 사기꾼일지도 몰라."

"사기꾼? 겨우 하루에 천 원 벌려고 공부방까지 차리는 사기꾼이 어디 있어? 우리 엄마도 저 할쌤이 교장 선생님으로 퇴직한 분이 맞다고 하셨단 말이야."

"그럼 연세가 드셔서 아무것도 기억이 안 나시는 걸까?"

"그렇다면…… 치매?"

"맞아! 치매신가 봐! 어쩌지?"

할쌤이 다시 돌아오자 대철이가 조심스레 말했다.

"할쌤! 자꾸 질문만 하지 마시고 공부를 가르쳐 주세요."

"가르쳐 달라고?"

"왜 가르쳐 주시지 않고 자꾸 질문만 하세요?"

"맞아요. 사실 잘 모르시는 것 아니에요?"

나도 발끈했다.

"예끼! 잘 모르다니! 날 뭘로 보고 하는 소리! 공부방에 학생이 너희 둘뿐인 줄 아느냐? 곧 열 명 스무 명으로 늘어날 게야. 그런데 내가 어찌 하나하나 다 가르쳐 줄 수 있단 말이냐?"

"그럼 공부방을 다니는 의미가 없잖아요!"

"이게 내 수업 방식이다! 앞으로 학교에서 뭘 배웠는지 나에게 제대로 이야기하지 못하면 혼날 줄 알아라!"

황당했다. 배우러 왔는데 오히려 내가 아는 것을 설명해야 하다니. 대철이도 황당한 것은 마찬가지인가 보았다.

1~2학년 아이들에게는 무척이나 친절하고 나긋나긋한 할쌤을 보니 속이 부글부글 끓어올랐다. 분명히 뭔가 잘못됐다. 우리는 괴짜 사기꾼 할아버지에게 속은 것이 틀림없다.

"오늘 공부 잘 했니?"

집에 돌아오자마자 엄마가 궁금한 표정으로 물었다.

"정말 이상한 할아버지셔!"

"왜?"

"모르는 걸 가르쳐 주시지는 않고 자꾸 학교에서 배운 걸 말해 보라고만 하시잖아."

"뭐? 공부를 안 가르쳐 주신다고?"

"응. 내일부턴 안 나갈 거야."

"휴. 역시 그렇구나. 잘 가르치시면 너 수학 학원도 끊으려고 했는데……. 하긴 천 원에 큰 기대를 한 이 엄마가 잘못이지."

실망한 엄마의 표정을 보니까 신경이 쓰였다.

"에이, 뭐 그래도 며칠 더 나가 볼게."

다음 날 나는 학교 수업을 좀 더 열심히 들었다. 학교에서 뭘 배웠는지 제대로 이야기하지 못하면 혼날 줄 알라는 할쌤의 말이 귀에 맴돌았기 때문이다. 대철이도 어느 때보다 열심히 필기하는 것이 보였다.

방과 후 다시 천 원 공부방에 갔을 때 몇 명 아이들이 더 늘어 있었다. 그 덕분인지 할아버지의 목소리도 한 톤 더 높았다.

"자, 오늘 배운 내용을 이야기해 보거라. 아주 자세히 말이다."

"네. 오늘은 주민 자치에 대해서 배웠어요."

"주민 자치가 무엇인데?"

"지역의 일을 지역 주민들이 스스로, 스스로의 의사와 책임으로 처리하는 것을 말해요!"

휴! 흘끔 커닝을 하긴 했지만 잘 말했다.

"학교에서 배운 게 그게 다란 말이더냐?"

"아, 또. 주민 자치를 하면······"

내가 기억이 안 나는 부분이 있으면 대철이가 이야기하고, 대철이가 기억이 안 나는 부분은 내가 말했다. 다 이야기를 하고 나자 할쌤은 미소를 지으며 고개를 끄덕였다.

"아주 잘 외워 온 모양이구나. 그렇다면 너희들이 살고 있는 여기 꼬리말에서도 주민 자치로 일을 해결한 적이 있느냐?"

"네? 그건······."

생각지도 못한 질문에 말문이 막혀 버렸다.

"좋다. 오늘 학교에서 수업을 아주 잘 들은 건 확실한 것 같구나. 하지만 달달 외우는 것만이 능사는 아니야. 완전히 이해를 해서 너희들 것으로 만들어야지."

할쌤은 나와 대철이가 이해하지 못한 부분을 자세히 설명해 주었다. 응용문제도 만들어서 풀게 해 줬다.

꼬르륵 꼬르륵 배꼽시계가 울릴 때에야 우리는 천 원 공부방에서 나왔다. 세 시간이나 공부를 하다니, 이건 이차노 인생의 기네스북감이다!

천 원 공부방이 문을 연 지 일주일이 지났다. 나와 대철이는 일주일 동안 꼬박꼬박 천 원 공부방에 나갔다.

오늘은 놀라운 일이 있었다. 내가 사회 과목 쪽지시험에서 85점을 받은 거다. 이랑이는 90점이니까 겨우 5점 차이였다. 대철이도 90점을 받았다.

우리 둘은 학교 수업을 마치자마자 공부방까지 숨이 차게

뛰어갔다.

"할쌤! 이것 좀 보세요."

"쪽지시험에서 차노는 85점, 저는 90점을 받았어요!"

"예끼! 녀석들아. 몇 점을 맞았는지가 중요한 게 아니니라. 배운 것을 이해하였는지가 중요한 것이지!"

할쌤은 말은 이렇게 하셔도 얼굴에는 웃음이 가득했다.

"오늘도 예외는 없다. 배운 것을 이야기해 보거라."

천 원 공부방은 하루가 다르게 꼬리말 아이들로 채워지기 시작했다. 나와 대철이를 포함해 겨우 네다섯 명이었던 것이 일주일이 못 돼 열 명으로 늘어났고 한 달이 되자 스무 명을 훌쩍 넘겼다. 앉을 자리가 없어서 차례를 기다리는 아이들도 생겼다. 할쌤은 당장 모자란 책상을 구입했다.

천 원 공부방은 조용하지 않았다. 여기저기에서 할쌤에게 오늘 배운 것을 이야기하는 아이들로 언제나 시끌벅적했다. 하지만 누구도 불평하지 않았다. 오늘 배운 것을 이야기하는 것을 들으면서 저절로 복습이 되었고 예습이 되었다. 더 잘 말하고 싶어서 학교 수업도 더욱 열심히 듣게 됐다.

　두 달이 지나자 천 원 공부방을 다니는 꼬리말 아이들은 서른 명이 넘었다. 꼬리말 아이들은 방과 후에는 무조건 천 원 공부방에 들렀다.

　나는 수학 학원도 그만뒀다. 가장 좋아한 건 엄마였다.

　"우리 차노가 돈을 벌어 오네, 벌어 와! 아니지, 이게 차노 덕분이 아니라 다 천 원 공부방 덕분이지. 엄마가 떡이라도 해 가지고 가야겠네."

　그런 생각을 하는 게 우리 엄마만은 아닌 듯했다. 꼬리말 부녀회에서 일주일에 두 번 빵이며 과자 같은 간식을 보내는 것은 물론 오며 가며 들르는 엄마, 아빠들 덕분에 매일 천 원 공부방은 간식거리로 넘쳐났다. 다 못 먹으니까 그만 보내라고 할아버지가 호통을 칠 정도였다. 그래도 간식은 끊이질 않았다. 알게 모르게, 우리 꼬리말 아이들의 성적도 꿈틀거리고 있었다.

"어제 공부한 내용 모두 복습해 왔지요?"

"아니요!"

반 친구들 모두가 이구동성으로 대답했다.

"수학 쪽지시험을 보겠어요."

"싫어요!"

"안 돼요!"

또 쪽지시험이라니! 우리 선생님은 쪽지시험을 너무 좋아하신다.

시험지를 받아들고 보니 하얀 것은 종이요, 검은 것은 글씨……. 어? 숫자들이 눈에 들어왔다.

1번 문제는 이렇게 계산하면 되는 거였지? 그리고 2번 문제는 이런 공식을 써서 계산하면 되는 거였고……. 문제가 술술 풀렸다.

"자, 시험 점수를 부르겠어요. 강대철 100점, 강우식 70점, 김나래 88점, 김오운 66점…… 이차노 100점!"

100점?

내가 잘못 들은 것은 아니겠지? 내가 100점을 맞았다고?

머리가 쾅쾅 울렸다. 머릿속에서 엉터리 피아니스트가 기쁨의 연주라도 하고 있는 걸까?

"마지막으로 한이랑 88점."

이랑이는 울상을 지었다. 괜스레 멋쩍어서 머리를 긁적였다. 내가 이랑이보다 높은 점수를 받은 건 처음이다. 하지만 이랑이 표정을 보니 어쩐지 마음껏 좋은 척도 못하겠다. 나와는 반대로 대철이는 좋은 척을 넘어서 정말로 싱글벙글이었다. 쉬는 시간에 대철이는 교실을 휙 둘러보더니 큰 목소리로 말했다.

"우리 꼬리말의 승리다. 그렇지?"

"승리라니?"

"봐. 우리 꼬리말이 시험을 훨씬 잘 봤잖아? 머리말 애들보다."

그러고 보니 꼬리말 친구들 대부분이 점수가 확 올랐다. 어쩌면 머리말 친구들보다 성적이 더 좋을 수도 있었다. 아니, 확실히 꼬리말의 성적이 월등했다.

꼬리말이 머리말보다 시험을 더 잘 봤다고? 그런 믿을 수 없는 일이 벌어졌다고? 내가 수학 시험에서 난생처음 100점을 맞은 것보다 더 놀라운 일이었다.

"겨우 한 번 가지고 뭘 그래?"

선혜는 벌게진 얼굴로 입을 삐죽거렸다.

"겨우 한 번이라도 우리 꼬리말이 이긴 건 맞잖아? 비싼 과외 안 받고 비싼 학원 안 다녀도 이길 수 있는 거였네, 뭐! 머리말 별거 아니네!"

선혜뿐만 아니라 대부분의 머리말 친구들이 꿀 먹은 벙어리가 됐다.

"이건 꼬리말의 승리, 천 원 공부방의 승리다!"

대철이는 일부러 눈치 없는 척 구는 건지 계속해서 신나게 떠들어 댔다. 나도 이상하게 자꾸 웃음이 나왔다.

대철이보다 더 좋아한 건 우리 엄마였다. 엄마가 퇴근할 때까지 기다릴 수가 없어서 학교가 끝나자마자 마트부터 들렀다.

"우리 차노가 백 점을 받았다고?"

엄마는 날 와락 껴안았다.

"나 숨 막혀!"

"아이고, 내 새끼. 예쁘다. 예뻐."

엄마는 과자를 잔뜩 싸 줬다.

"이거 가지고 공부방 가서 나눠 먹고. 응?"

"오늘도 공부방 가야 돼? 백 점 받았는데?"

"뭐야?"

엄마 눈이 갑자기 세모꼴이 됐다.

"아이. 알겠어."

사실 나도 요즘은 하루라도 공부방에 가지 않으면 좀이 쑤신다. 공부방에 가서 공부를 하는 것도 재미있지만 꼬리말 친구들과 다 같이 어울린다는 게 더 재미있다. 물론 할쌤도 보고 싶고!

엄마와 아빠가 모두 퇴근을 한 저녁, 우리는 치킨을 시켜 먹었다. 배달 음식은 내 생일 때나 먹는 거다. 그러니까, 오늘은 내 생일만큼이나 어마어마하게 기쁜 날이라는 거다.

"그런데 참 웃기지? 선혜 엄마랑 아까 통화를 했는데."

"선혜 엄마?"

엄마가 닭 날개를 뜯으며 말했다.

"천 원 공부방에 대해서 은근슬쩍 묻더라? 정말 하루에 천 원짜리 공부방이 있냐고. 전 과목 다 가르쳐 주냐고 말이야. 그래서 그렇다고 했더니 위치가 어디냐고 아주 꼬치꼬치 묻는 거 있지? 선혜네는 머리말에서도 가장 좋은 아파트에 사는 데다가 선혜 아빠도 은행 다니고 선혜 엄마도 대기업에 다니니까 형편도 좋으면서 천 원 공부방을 왜 궁금해하나 몰라."

"요즘 머리말 사람들에게 천 원 공부방이 아주 화제인가 봐. 아까 배달하려고 머리말에 올라갔다가 김 계장을 만났는데 아, 김 계장도 천 원 공부방에 대해 묻더라니까? 꼬리말에는 그런 좋은 공부방이 다 있냐면서 말이야. '부러우면 꼬리말로 이사 오시죠.' 했지 뭐."

아빠는 시원한 캔맥주를 들이켜며 껄껄 웃었다. 머리말에 사는 사람에게 꼬리말로 이사 오라니 예전 같으면 욕이나 다름없었을 거다. 사실 머리말보다 꼬리말이 나은 게 하나

도 없었으니까.

우리들 보기에도 아파트며 상가며 놀이터며 모든 게 머리말이 더 번쩍번쩍 했다. 우리는 그것을 당연하게 생각하며 살았다. 공부도 머리말이 더 잘하는 걸 당연하게 생각했다. 하지만 우리 꼬리말이 머리말 친구들보다 시험을 훨씬 잘 봤다. 비싼 과외 안 받고 비싼 학원 안 다녔어도 그렇게 됐다. 이제 꼬리말이 머리말보다 더 나은 게 생긴 거다. 신통방통한 일이었다.

어른들이 보기에도 천 원 공부방 덕분에 아이들이 공부를 열심히 하게 됐고, 또 잘하게 됐으니 어깨가 와락 펴지는 모양이었다.

"돈 많아서 좋은 아파트 살면 뭐 해? 비싼 과외며 학원 다니면 뭐 하냐고! 천 원짜리 못 따라가는걸."

"천 원짜리라니? 천만 원짜리보다 더 훌륭한걸!"

엄마와 아빠가 웃으니까 나도 좋았다.

틀린 글씨를 지우려고 보니 지우개를 가져오지 않은 게 생각났다.

"나 지우개 좀!"

다급하게 손을 내미니까 이랑이가 내 손을 툭 쳤다.

"싫어!"

어? 싫다고? 이랑이는 내가 뭘 빌려 달라고 할 때 싫다고 한 적이 한 번도 없었다. 준비물을 깜빡하고 못 가져와도 반씩 나눠서 쓰자고 했던 이랑이였는데.

"나한테 빌리지 말고 대철이한테 빌려라!"

이랑이의 입이 뾰루퉁하게 나왔다. 이랑이도 꼬리말이 성적이 더 잘 나오니까 싫은 걸까? 이랑이도 당연히 머리말이 더 잘해야 한다고 생각하는 걸까? 마음이 와락 움츠러들었다.

"……아니야. 여기 지우개."

이랑이가 슬그머니 지우개를 내밀었다. 움츠러들었던 마

음을 지우개로 박박 지웠다.

하굣길 갈림길에서 이랑이가 물었다.

"너 요새 왜 대철이랑만 놀아?"

"내가?"

요즘 대철이와 전보다 더 친해진 게 사실이었다. 방과 후
에는 공부방에서 대철이와 시간을 많이 보내니까 나도 모르
게 대철이와 더 많은 이야기를 하게 됐다. 이랑이는 그게 싫
은 모양이었다. 그제야 아까 대철이한테 지우개를 빌려 쓰라
고 한 이유를 알 것 같았다.

"나도 너희 공부방 따라가 보면 안 돼?"

"우리 공부방을?"

그래도 될까? 조금 망설여졌다.

"이랑이 너 오늘 과외 없어?"

"응. 오늘은 과외도 학원도 없는 날이야."

주로 일대일로 수업하는 이랑이에게 천 원 공부방은 어떻
게 비춰질까?

좁은 반지하 공부방에서 한 번에 열 명이 넘게 공부를 하고 선생님도 할쌤 한 분뿐이다. 꼬리말 아이들의 성적이 앞선 이후로 머리말 아이들은 은근히 천 원 공부방을 대단한 곳으로 여기고 있는 것 같은데 이랑이를 데려가면, '애개. 겨우 이런 거였어?' 하고 실망할지도 모른다.

그렇다고 이랑이를 천 원 공부방에 못 오게 할 마땅히 다른 이유는 없다. 천 원 공부방은 누구에게나 열려 있다고 할쌤도 말씀하셨으니까.

"같이 가면 안 돼?"

"그. 그래. 오늘은 같이 가서 공부하자."

천 원 공부방에 들어서자 미리 와 있던 대철이의 얼굴이 굳어졌다.

"이랑이는 왜 데려왔어?"

"와 보고 싶다고 해서. 할쌤! 제 짝꿍 이랑이에요. 오늘 같이 공부해도 되죠?"

"그럼 물론이고말고. 하지만!"

할쌤이 다시 호통 모드로 돌변하더니 소리쳤다.

"손님도 천 원이다! 천 원 공부방에 들어온 이상 예외는 없다!"

여기저기서 할쌤을 찾아 댔다.

"할쌤! 여기 좀 와 주세요."

"할쌤!"

"예끼! 이 녀석들아. 이 할아비 몸이 열 개인 줄 아느냐?"

호통을 치면서도 할쌤은 껄껄 웃으며 여기저기 바쁘게 돌아다녔다. 그때 누군가 천 원 공부방의 문을 두드렸다. 꼬리말 부녀회장 아줌마와 대철이네 아줌마였다.

"모두 열심히 공부하고 있었지? 자, 오늘 간식은 닭강정이다!"

"야호! 닭강정이다."

우리는 잠시 쉬면서 닭강정을 맛있게 나눠 먹었다. 이랑이를 흘끔 보니까 무척 즐거워 보였다.

"나 천 원 공부방 정말 마음에 들어! 여기 매일 왔으면 좋

겠어."

"정말?"

이랑이가 우리 공부방을 마음에 들어 한다니 다행이었다.
괜히 어깨가 으쓱했다.

"집에 가서 나도 천 원 공부방 다니고 싶다고 엄마한테 얘
기할래!"

꼬리말 아이들
출입 금지

며칠 후, 공부방에 이랑이네 아줌마가 찾아왔다. 손에는 음료수 상자가 들려 있었다.

"아유, 선생님. 선생님을 만나 뵙고 싶은데 도통 약속 잡기가 어려워서요. 이렇게 직접 찾아뵐 수밖에요."

어쩐 일인지 할쌤은 손님의 방문을 달가워하지 않는 것 같았다.

잠시 후에 힐끔힐끔 들어 보니 이랑이네 엄마는 머리말 이야기를 하고 있었다.

"우리 머리말 아이들은 왜 안 된다는 건가요?"

"처음부터 공부방은 꼬리말 아이들을 위해 만든 것입니

다. 지금은 꼬리말 아이들로도 벅찹니다."

"아니, 머리말에 산다고 다 잘사는 거 아닙니다. 그리고 비싼 아파트에 산다고 해서 좋은 교육을 받지 말라는 건 불공평한 것 아닙니까?"

"불공평하다고요?"

"불공평하지요. 교육은 누구에게나 공평해야 하는 것 아닙니까?"

"허허. 아무래도 이랑이 어머니가 공평과 불공평에 대해 단단히 오해를 하고 있으신 모양입니다."

"선생님께서도 우리 머리말 아파트에 사신다고 들었답니다. 그러게 왜 공부방을 꼬리말에 차리셨어요? 머리말에 사시니까 머리말 아이들을 위해 머리말에 공부방을 여시는 게 맞는 거 아닙니까?"

"천 원 공부방은 오로지 꼬리말 아이들을 위해서 운영될 겁니다. 문을 닫는 날까지요."

"어휴. 정말 말이 안 통하네요."

"더 이상 할 이야기가 없군요. 돌아가 주세요."

할쌤은 벌떡 일어나더니 이랑이네 아줌마를 거의 내쫓듯 돌려보냈다.

교육은 누구에게나 공평해야 하는 거다. 그러니 머리말 아이들도 천 원 공부방에서 공부할 수 있어야 한다. 천 원 공부방에서 공부하지 못하는 것은 머리말 아이들에게 불공평한 일이다. 이랑이네 아줌마는 이렇게 생각하는 듯했다.

하지만 할쌤은 천 원 공부방은 오로지 꼬리말 아이들을 위해서만 운영할 거라고 하신다. 공평과 불공평……. 이 단어들이 자꾸만 머릿속을 맴돌았다.

"머리말 사람들 정말 웃겨. 세상에 아파트 단지 내에 있는 문화센터에 공부방을 열 테니 할쌤에게 거기에서 수업을 해 달라고 했대. 호화찬란하게 공부방을 꾸미고 아이들 한 명당 한 칸씩 개인 독서실까지 마련하기로 부녀회에서 이야기가 모아졌단다. 아주 웃겨."

저녁 시간, 엄마의 이야기는 뜻밖이었다.

천 원 공부방을 아예 머리말로 옮겨 간다고? 호화찬란한 공부방이라고?

"그래서 할쌤이 간다고 그랬대?"

"할쌤이 어디 그러실 분이니? 절대 싫다고 하셨단다."

휴. 안도의 한숨이 나왔다.

"그런데 누가 그걸 앞장서고 있는지 아니? 바로 이랑이 엄마라지 뭐니? 머리말 부녀회 회장이 이랑이네 엄마인 것은 알지?"

"허허. 이 사람도. 차노 앞에서 왜 다른 사람 욕을 하나?"

"내가 너무 황당하고 속이 상해서 그래. 있는 사람들이 더하다더니, 우리가 뭘 좀 가지려니까 바로 빼앗아 가려는 것 좀 봐!"

"그래도 그렇지! 차노는 얼른 방으로 들어가라."

이랑이네 아줌마가 천 원 공부방을 머리말로 옮겨 가려고 한다고? 왜일까? 이랑이는 이미 과외도 받고 학원도 여러 군데 다니는데, 천 원 공부방이 또 필요한 걸까? 이해할 수가 없었다.

다음 날, 나는 이랑이와 놀이터에서 놀기로 했다. 이랑이네 아파트 놀이터에서 먼저 놀고 있는데 경비 아저씨가 날 향해 이리 오라고 손짓을 했다.

"너 여기 사니?"

"아, 아니요."

"여기는 머리말 어린이 놀라고 만들어 놓은 놀이터야. 머리말에 안 살면 이 놀이터에서 놀면 안 되지."

"네?"

"저 팻말 안 보이니?"

놀이터 입구에 '꼬리말 아이들 출입 금지'라는 팻말이 붙어 있었다. 어제까지만 해도 저런 팻말은 없었다.

"어제까지만 해도 잘 놀았는데요?"

"오늘부터는 안 돼. 너는 꼬리말 동네 놀이터에 가서 놀거라."

"여기서 친구 만나기로 했어요!"

"그걸 이 아저씨가 어떻게 믿겠니?"

나는 할 수 없이 머리말 놀이터에서 나와야 했다.

내가 놀이터에서 '쫓겨난' 일은 생각보다 큰 사건이었던 모양이다. 엄마가 전화 몇 통을 하자 우리 집에 꼬리말 부녀회 아줌마들이 모여들었다.

"이렇게 유치하게 나온다 이거죠?"

"아이들 노는 놀이터를 출입 금지시키다니 정말 상상도 못할 일이에요."

"앞으로 우리 아이들은 머리말에 절대로 가지 못하게 합시다. 괜히 우리 아이들 눈치 보게 할 필요 있나요?"

"맞아요. 우리 아이들이 뭘 잘못했다고요?"

"백 가지 가진 사람이 하나 가진 사람 것을 빼앗지 못해 안달한다더니 딱 그 꼴이지 뭐예요?"

아줌마들은 화가 잔뜩 난 것 같았다.

"하지만 생각할수록 참기름을 마신 것처럼 고소해요."

"뭐가요?"

"이게 다 우리 아이들이 공부를 잘하게 돼서 생긴 일이잖아요?"

"그렇게 '억' 소리 나는 비싼 아파트에 살면서, 그렇게 비싼 과외를 과목별로 하면서 성적이 우리 아이들보다 낮게 나오니 분통이 터져서 그러는 거 아니겠어요?"

"그건 그렇지요. 그깟 놀이터에서 안 놀아도 그만이지요. 이제 우리 아이들은 놀이터 대신 공부방에 가면 그만이니까요."

이번에는 아줌마들이 다 같이 배꼽이 빠져라 웃어 댔다. 울다가, 웃다가 하는 아줌마들의 마음을 도무지 알 수가 없었다.

또 하나, 알 수 없는 게 있다. 머리말 어른들이 정말로 일부러 놀이터에 팻말을 세웠을까? 꼬리말 아이들이 들어오지 못하게? 그런 속 좁은 짓을 우리 같은 아이들이 아닌 어른들이 했다는 거. 정말로 이해하기 힘들다.

며칠 후, 천 원 공부방에 갔는데 어쩐 일인지 문이 굳게

닫혀 있었다. 기분이 이상했다.

"안 들어가고 뭐 해?"

돌아보니 대철이였다.

"문이 잠겨 있어."

"뭐? 문이 잠겼다고?"

대철이도 깜짝 놀라서 다시 한번 공부방 문을 움직여 봤
다. 문은 단단히 잠겨서 꼼짝도 하지 않았다.

"혹시 할아버지가 편찮으신 것 아닐까?"

"아, 그럼 어떡하지?"

곧 몇몇의 아이들이 더 몰려왔다. 우리들은 할아버지가
편찮으신 것이 분명하다고 결론을 내렸다. 그때였다.

"얘들아. 공부방 아예 문 닫았다."

산호슈퍼 아줌마였다.

"네?"

"문을 아예 닫다니요?"

뒤통수가 찌릿했다. 무슨 일이 벌어진 것이 틀림없다.

"폐업을 했어. 누군가 신고를 한 모양이야."

"신고요?"

"불법 공부방이라고 말이야. 할쌤은 불법이 절대 아니라고 했지만 신고가 들어간 이상 조사를 받아야 하는데 엎친 데 덮친 격으로 건물 주인이 당장 방을 빼라고 했단다."

"인간 위에 신이 있고 신 위에 건물주가 있다더니 딱 그 꼴이지요."

양지부동산 아저씨였다.

"건물주가 저 머리맡 사람이라면서요?"

"그렇습니다. 할쌤이 날짜를 미뤄 보려고 부단하게 애쓴 모양인데 소용없었어요."

"아무리 그래도 그렇지, 애들 공부하는 공부방을 하루아 침에 나가라고 해요?"

"나쁜 사람들."

날벼락을 맞은 기분이었다. 우리는 아무 말도 못 했다. 잠시 동안은 눈사람처럼 얼어 있었다.

우리의 공부방이 사라져 버렸다. 그것도 하루아침에!

"그것뿐이 아니랍니다. 세상에 머리말 아파트 부녀회에서 할아버지네를 왕따시켰답니다. 인사도 안 받아 주고 주민회의에 부르지도 않았대요. 그 집 아들 내외가 제발 공부방 그만하시라고 말렸다는군요."

산호슈퍼 아줌마는 혀를 끌끌 찼고 양지부동산 아저씨는 애꿎은 빈 캔만 만지작거렸다.

그렇다면 할아버지는 어디 계신 걸까? 할아버지가 사시는 집이라도 알면 찾아가 뵐 텐데……. 마음이 답답했다.

집에 돌아오니 엄마도 화가 잔뜩 나 있었다. 이미 소식을 들은 모양이었다.

"건너 들으니 신고한 사람이 이랑이 엄마란다. 건물주를 꼬드겨서 쫓아내게 한 것도 이랑이 엄마래. 사람이 어쩜 그럴 수 있니? 자기들은 과목당 수십만 원짜리 과외시킬 능력도 되면서 겨우 천 원짜리 공부방을 신고해?"

이랑이네 엄마가 신고를 했다고? 천 원 공부방을 문 닫게 한 게 이랑이 엄마라고?

화가 났다. 이랑이 엄마가 아니라 이랑이에게 화가 났다. 자기 엄마가 하는 일을 이랑이가 몰랐을 리 없다. 그러면서 어제까지도 나한테 천 원 공부방이 부럽다고 했다. 또 놀러 가면 안 되냐고 했다. 이랑이는 다 알면서 그런 거다. 천 원 공부방이 문을 닫게 되리라는 것을, 그렇게 만든 게 자기네 엄마라는 사실을 다 알면서 모른 척 나랑 천 원 공부방 이야기를 나눈 거다. 이랑이는 분명히 내 편인 줄 알았는데……

다음 날 학교에 가자마자 나는 이랑이에게 쏘아붙였다.

"너희 엄마가 우리 공부방을 신고했다면서?"

"그게 무슨 말이야?"

"너희 엄마가 우리 공부방을 불법 공부방이라고 신고해서 문을 닫게 만들었다고!"

"우리 엄마가 왜? 그럴 리 없어!"

"모른 척하지 마! 꼬리말 애들이 성적이 더 잘 나오니까 심술이 나서 그런 거잖아?"

"심술이 나다니?"

"한이랑 너도 똑같아. 머리말 어른들이랑 똑같다고!"

"여기서 머리말이 왜 나와?"

선혜가 빽 소리를 질렀다. 그러자 대철이도 가만있지 않았다.

"머리말 때문에 천 원 공부방이 없어져 버렸잖아!"

나와 이랑이의 싸움은 결국 머리말과 꼬리말의 싸움으로

번졌다. 그날 이후, 우리 반은 머리말과 꼬리말로 갈라져 보기만 하면 서로 으르렁댔다. 나와 이랑이도 마찬가지였다. 눈길 한 번 마주치지 않았다.

다행인지, 곧 짝꿍이 바뀌었다. 나는 대철이와 짝이 됐다.

대철이와 슈퍼에서 아이스크림을 사서 나오는데 저만치 이랑이가 혼자 걸어가는 것이 보였다.

"한이랑은 정말 몰랐다더라?"

"뭘?"

"자기 엄마가 신고한 것 말이야."

"쳇."

정말 몰랐다고?

몰랐다고 해도 할 수 없다. 천 원 공부방이 문을 닫는데 가장 힘쓴 사람이 이랑이 엄마인 건 사실이니까. 답답한 마음이 풀리지 않았다.

"야, 아이스크림 다 녹잖아?"

대철이의 말에 정신을 차려 보니 손에 아이스크림 녹은

물이 흐르고 있었다.

"아이스크림이 너무 빨리 녹네."

그러고 보니 햇빛이 점점 뜨거워지고 있었다.

곧 여름 방학이었다.

마주 보고
서기

　여름 방학이 시작되자마자 동네가 소란해졌다. 어른들은 모이기만 하면 한 가지 이야기뿐이었다.

　"뉴스 봤어요? 고래초등학교 옆 부지에 특수학교가 세워진대요!"

　"왜 하필 우리 동네에?"

　"그러게나 말이에요. 나 원 참!"

　특수학교가 뭐기에 모두들 얼굴을 찌푸리는 걸까?

　수학 학원 창문 밖으로 학교 교문 위에 나풀대는 현수막이 보였다. 어제까지는 없던 현수막이다.

특수학교 설립을 위한 주민 공청회

'공청회'라면 나라가 일을 할 때 국민들의 의견을 듣는 회의를 뜻한다고 사회 시간에 배웠는데…….

땀을 흘리며 집으로 돌아오는데 천 원 공부방 자리에 이사가 한창이었다.

"조그만 양말 공장이 들어올 거란다."

양지부동산 아저씨가 씁쓸한 표정을 지었다.

이제 정말로 공부방은 사라져 버렸구나! 텅 빈 지하방이 휑했다.

천 원 공부방이 문을 닫은 후, 꼬리말 아이들은 다시 뿔뿔이 흩어졌다. 누군가는 나처럼 다시 학원으로, 누군가는 천 원이면 시간을 실컷 때울 수 있는 오락실로, 또 누군가는 바람 빠진 공을 차기 위해 학교 운동장으로.

머리말과는 완전히 앙숙이 되었다. 특수학교 이야기가 나오기 전까지만 해도 어른들은 모이기만 하면 머리말 욕을 해 댔다. 아이들의 공부방을 머리말이 빼앗아 갔다며 분통을 터뜨렸다. 도둑들이 따로 없다고, 꼬리말 아이들이 너무

나 불쌍하다고 했다. 어른들의 이야기를 곁들을 때마다 젓가락으로 가슴을 콕콕 찌르는 것만 같았다. 이랑이 생각이 났다.

할쌤의 소식도 여전히 들을 수가 없다.

미운 할쌤. 대체 어디 계신 걸까?

커다란 재봉틀들이 지하방으로 차례차례 옮겨지는 것을 실컷 구경하다가 집으로 돌아왔다. 엄마는 비질비질 땀을 흘리며 걸레질을 하고 있었다.

"엄마! 특수학교가 무슨 학교야?"

"……"

엄마는 대답을 안 했다.

"엄마아! 특수학교가 무슨 학교기에 주민 의견까지 들어? 학교는 많으면 많을수록 좋은 거잖아."

"아휴. 얘가 더운데 왜 이렇게 귀찮게 하고 그래!"

엄마의 얼굴에 짜증이 가득했다.

아빠가 나에게 눈짓을 했다. 그건 엄마가 지금 저기압이

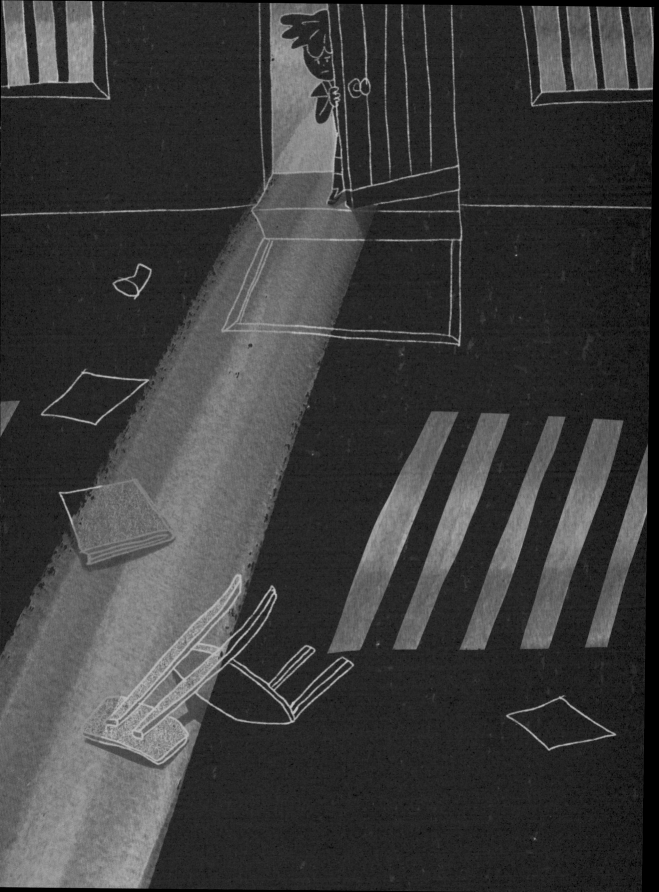

니 최대한 멀리 떨어져 있으라는 뜻이었다.

"차노야. 아빠가 아이스크림 사 줄까?"

"응! 좋아!"

아빠와 나는 슈퍼 앞 평상에 앉았다. 아이스크림 포장지를 뜯어서 나란히 입에 물고.

"차노야. 지금 살고 있는 집, 얼마 전에 우리 집 된 거 알지?"

"응."

"사실 그게 우리 집이 아니라 은행 거다."

"알아. 은행에서 어마어마하게 돈을 많이 빌려서 샀다고 그랬잖아."

지금 살고 있는 집은 내가 태어난 집이다. 아주 낡고 작은 집이지만 우리 가족에게는 소중한 집이다. 마음씨 좋은 집주인 아저씨 덕분에 전세금을 올려 주는 일도 없이 내내 살던 우리는 집주인 아저씨가 집을 판다고 하자 이사를 갈 수밖에 없었다. 엄마와 아빠는 은행에서 대출을 받고도 모자라 외갓집이며 친구에게도 돈을 빌려서 집을 사 버렸다. 아마 평생 빚을 갚으며 살아야 할지도 모른다고 했다.

"그래. 그런데 무리해서 집을 사고 보니까 참 고민이 많아지는구나."

"무슨 고민?"

아빠가 손가락으로 어딘가를 가리켰다. 우리 학교 교문이었다.

"우리 학교가 왜?"

"아니, 학교 말고 저 현수막."

'특수학교 설립을 위한 주민 공청회'와 우리가 집을 산 게 무슨 상관이 있단 말일까? 아빠가 무슨 소리를 하는지 하나도 모르겠어서 나는 아이스크림만 열심히 빨아 먹었다.

"저기에 특수학교가 세워지면, 기껏 빚을 얻어 산 우리 집의 집값이 어마어마하게 떨어질지도 몰라."

"특수학교가 세워지는데 왜 집값이 떨어져?"

"특수학교는 장애를 가진 학생들이 다니는 학교거든."

아. 이제야 특수학교가 무엇인지 알았다. 하지만 이해가 되는 건 아니다.

"왜 집값이 떨어져? 그건 그냥 학교일 뿐인데. 오히려 동네에 학교가 많으면 더 좋은 거 아니야?"

"세상 사람들의 생각이 다 그렇지가 않단다."

아빠는 먼 하늘을 보며 한숨을 푹 내쉬었다. 아빠가 한숨을 쉬니까 내 기분도 가라앉아서, 나는 아이스크림 막대기만 잘근잘근 씹어 댔다.

공청회가 열리는 날, 나는 아빠를 따라 학교 강당에 갔다. 머리말과 꼬리말 어른들이 한자리에 모인 것은 천 원 공부방이 문을 닫고 처음 있는 일이었다. 강당의 공기는 무겁고 불편했다. 어른들은 서로 눈도 마주치지 않으려고 애쓰는 것 같았다.

먼저 교육청의 대표 아저씨라는 사람이 말을 시작했다.

"고래동 주민 여러분들 이런 자리를 통해 만나 뵙게 되어 반갑습니다. 우선 우리 시에는 장애 학생이 공부할 수 있는 학교가 너무나 부족하다는 말씀을 먼저 드리고 싶습니다. 그동안 장애 학생들은 불편한 몸을 이끌고 먼 거리를 통학해 왔습니다. 우리 시의 모든 학생들이 공평한 교육을 받기 위해 반드시 새로운 특수학교 설립이 필요합니다. 고래동은 위치도 좋고 환경도 훌륭하여 특수학교를 세우기에 최적의 조건을 갖췄습니다. 부디 오늘 의견 많이 내 주셔서 좋은 방향으로 이야기가 되었으면 좋겠습니다."

부탁과는 다르게 대표 아저씨의 말이 끝나자마자 여기저기에서 큰 목소리들이 쏟아져 나왔다.

"그러니까 왜 하필 고래동입니까?"

"우리 고래동이 시에 무슨 잘못을 했다고요?"

대표 아저씨는 뒷주머니에서 손수건을 꺼내 이마를 닦았다.

"특수학교가 부족해 장애 학생들이 두 시간 이상 통학을 하는 경우도 많다는 것을 좀 알아주십시오."

"집값 떨어지면 책임지실 겁니까?"

"특수학교 때문에 집값이 떨어진다는 것은 오해입니다. 실제로 특수학교가 있는 동을 조사한 결과 집값이 떨어진 경우도 없었고요……. 원하신다면 통계 자료를……."

"듣기 싫습니다."

"다른 동네에 지으란 말입니다."

"고래동은 특히 어린아이들이 많은 동네입니다. 특수학교가 생겨서 장애 학생들이 동네에 많이 들어오면 어떤 문제들이 생겨날지 모릅니다."

한참 동안 큰 목소리들이 강당을 가득 메웠다. 어떤 어른은 고래고래 소리를 지르기도 했다. 나는 귀가 먹을 것 같았다. 우리들이 학교 강당에서 이렇게 떠든다면 선생님이든, 교장 선생님이든 아마 엄청 크게 혼내셨을 거다. 하지만 한 시간 넘게 이어지는 공청회에서 누구도 어른들을 조용히 시키지 못했다. 게다가 양쪽의 의견은 너무나 팽팽해서 조금

도 좁혀지지 않았다.

결국 교육청에서 나온 사람들은 난감한 표정으로 자리를 떠났다.

머리말과 꼬리말 주민들만 남게 되자 한 아줌마가 자리에서 벌떡 일어나 마이크를 들었다.

"저는 머리말에 살고 있습니다. 그동안 머리말과 꼬리말의 사이가 별로 좋지 않았던 것은 사실입니다. 하지만 이럴 때 우리가 지난 문제들로 서로 미움을 갖고 다툼만을 벌이다 보면 일을 그르치는 수가 있습니다. 어떻게 생각하십니까?"

"맞습니다!"

머리말 어른들이 박수를 치자 꼬리말 어른들도 마지못해 따라서 박수를 쳤다.

"지난 미움들은 그만 잊고 미래를 위해 마음을 모으자, 이것이 제가 드리고 싶은 말씀입니다."

"맞습니다, 맞습니다!"

이어서 양지부동산 아저씨가 마이크를 받아 들었다.

"제가 조사를 좀 해 보니까 주민들이 끝까지 반대를 해서 특수학교가 세워지지 못한 경우가 아주 많습니다. 우리가 힘을 모아 확고한 의견을 시에 전달하면 절대로 고래동에 특수학교가 세워지는 일은 없을 겁니다."

"옳소!"

"힘을 모읍시다!"

"다음 주 일요일에 주민 투표를 하는 것은 어떻겠습니까? 특수학교 설립을 반대한다는 표가 과반수 이상 나온다면 시에서도 다시 생각해 볼 수밖에 없을 겁니다."

"과반수라니요? 백 프로지요, 백 프로!"

"물론이지요. 우리 고래동 사람들의 힘을 보여 줍시다!"

언제 으르렁거렸냐는 듯, 머리말과 꼬리말 어른들은 한마음이 되어 결의를 다졌다. 어른들은 참 이상하다. 싸울 때는 언제고 이제 힘을 모아야 한단다. 머리말과 꼬리말 어른들이 진작 힘을 모았더라면 천 원 공부방이 문을 닫는 일도 없었을까?

"그럼 이 자리에서 각 마을의 대표를 한 명씩 뽑읍시다. 그래야 서로 쉽고 편하게 의견을 주고받을 수 있지요."

"좋습니다."

"우리 머리말 대표로는 부녀회장인 이랑이 엄마가 수고해 주면 어떨까요?"

지금까지 꿀 먹은 벙어리였던 이랑이 아줌마의 얼굴이 붉어졌다.

"저는……."

"아무래도 이랑이 엄마가 행동력도 추진력도 뛰어나니까요."

"뛰어나긴 뛰어나지. 천 원 공부방 없애는 데에도 그 행동력과 추진력이 한몫했으니."

엄마가 비아냥거리는 말투로 혼잣말을 했다.

"저는 이번 일에는 나서지 않겠어요. 투표 독려에는 앞장서겠지만……."

뜻밖에 이랑이네 아줌마가 고개를 절레절레 흔들었다.

"웬일이래? 나서기 좋아하는 사람이?"

"그러게."

이번에는 엄마뿐만 아니라 꼬리말 부녀회 아줌마들까지 수군거렸다. 이제 좀 지루해진 나는 시끌벅적한 강당을 혼자 빠져나왔다.

햇빛이 나를 마구 눌러 대는 것 같았다. 머리가 뜨끈뜨끈했다.

천 원 공부방 자리를 지나는데 어제까지만 해도 걸려 있던 '천 원 공부방' 간판은 어느새 내려지고 '동우양말'이라는 작은 간판이 걸렸다. 계단 아래에서 "지잉지잉." 재봉틀 돌리는 소리가 쉴 새 없이 들려왔다.

발길이 집이 아닌 머리말 쪽으로 들었다.

할쌤도 머리말에 사신다고 했었지. 머리말에 가면 할쌤을 만날 수 있을까? 아파트 입구에 들어서며 놀이터 쪽을 슬쩍 보니 '꼬리말 아이들 출입 금지' 팻말이 보이지 않았다. 천원 공부방과 함께 팻말 역시 사라진 모양이었다. 갑자기 잘 꾸며진 화단 위로 빨간 모자가 쑥 올라왔다.

"엄마야! 깜짝이야!"

모자가 움직이니 놀랄 수밖에! 모자 밑으로 빨갛게 익은 토마토 같은 얼굴이 불쑥 튀어나왔다. 낯익은 얼굴, 주랑이었다.

"어? 너 이랑이 아줌마의 동생의 딸이지? 아 그러니까, 그게 이랑이 이모의 딸이니까 음……."

갑자기 머릿속으로 촌수를 계산하려니 잘 안 됐다.

"아, 그러니까 이랑이의 사촌 동생! 그런데 너 왜 여기 혼자 있어?"

"언니가 없어."

"언니? 언니라면 이랑이를 말하는 건가?"

"응. 이랑이! 이랑이 언니."

마침 멀리서 아지랑이처럼 이랑이가 모락모락 뛰어왔다.

이랑이는 땀을 비질비질 흘리고 있었다.

"야! 오주랑! 너 누가 혼자 막 가래?"

"……안녕? 이랑아."

"어? 이차노!"

최대한 자연스럽게 인사를 하려고 했는데 우리 둘 사이에
는 여전히 어색한 공기가 흘렀다. 자그마치 한 달 만의 대화
였다.

"엄마가 공청회 간 동안 같이 놀
고 있으라고 했는데 잠깐 사이에
없어져서 깜짝 놀랐어."

"그랬구나."

"언니! 나 더워. 너무 덥다."

"다시는 언니 없이 혼자 가고 그러면
안 돼! 알겠지?"

주랑이가 이랑이에게 안겼다. 주랑이
를 달래는 이랑이는 꼭 어른 같았다.

"애는 내 사촌 동생이야. 봄에 우리 아파트로 이사 왔어."

"알아."

"어? 어떻게 알아?"

"그냥 알게 됐어. 그럼 난 간다!"

"야! 이차노! 우리 집에서 놀다 갈래? 엄마 올 때까지만."

나는 고개를 끄덕였다. 이게 우리의 첫 싸움의 첫 화해였다. 낯간지럽게 미안하다는 말은 하지 않았지만.

주랑이는 시원한 거실에 벌렁 눕더니 단잠을 자기 시작했다. 혼자만의 숨바꼭질이 힘들었나 보았다.

"어른들이 그러는데 주랑이는 발달장애라는 장애를 가지고 있대. 내가 보기엔 그냥 좀 느릴 뿐인데. 고래초등학교에 다녔는데 적응을 잘 못했어. 하지만 특수학교에서는 잘 지낼 수 있을 거야.

너도 들었지? 우리 학교 옆에 특수학교가 세워진다는 거!"

"으응."

"엄마도 엄청 좋아했어. 사실 이모네를 우리 아파트로 이사 오게 한 것도 우리 엄마야. 이모부가 외국으로 일하러 가셔서 이모가 주랑이와 둘이 사는 걸 힘들어하셨거든. 마침 특수학교도 세워진다니까 정말 잘됐지 뭐야? 우리 엄마가 그랬어. 특수학교에서는 우리 주랑이도 놀림받지 않고 마음껏 공부할 수 있다고 말이야."

나는 차마 어른들이 특수학교 설립을 반대한다는 말을 할 수 없었다. 그러면 이랑이는 정말 실망할 테니까.

"그런데 고래동 어른들은 특수학교가 세워지는 걸 반대한다면서?"

"……너 알고 있었어?"

"응. 오늘 공청회에서 엄마가 고래동에 꼭 특수학교가 세워져야 한다고 어른들을 설득해 본다고 했어."

하지만 이랑이네 아줌마는 공청회 내내 꿀 먹은 벙어리였다. 아마 나라도 모두가 반대하는 자리에서 혼자 찬성하기는 힘들었을 거다.

주랑이가 낮잠에서 깨어난 후에 우리 셋은 보드게임을 하고 놀았다. 오래간만에 놀이터에서도 실컷 놀았다.

"주랑아! 나는 학원을 딱 한 군데밖에 안 다녀. 그래서 시간이 아주 많아. 참 좋겠지? 너도 학교에 안 다닌다면서? 그러니까 우린 앞으로 자주 놀 수 있어."

"좋아, 나 정말 좋아!"

"고마워, 이차노!"

이랑이와 화해를 하고 나니, 마음에 불이라도 켠 듯 세상이 환해 보였다.

마트가 쉬는 날인데도 엄마는 아침부터 부지런히 움직였다.

"오늘 학교 앞에서 피켓 시위를 할 거야. 고래동 주민들이 반대를 하고 있다는 사실을 널리 알려야 특수학교 설립이 무산되는 데 유리하다고 하네. 고래동 신문사 기자도 촬영하러 올 거야."

엄마가 아빠를 보며 다짐하듯 힘주어 말했다.

"이렇게 더운 날 꼭 우리까지 나가야겠어?"

아빠가 볼멘소리를 했다.

"땡볕에서 시위를 해야 더 의지가 강해 보이지! 우리 집을 지키기 위해서라면 난 무슨 일이든 할 수 있어. 당신도 빨리 옷 입어!"

"그래도 오늘같이 폭염주의보가 뜬 날 꼭……."

"참! 이랑이 엄마 말이야. 주민 대표를 거절한 이유가 있더군?"

등줄기가 빳빳해졌다.

"조카애가 글쎄 발달장애아라지 뭐야? 고래초등학교 1학년으로 전학을 시킨 모양이던데 일반 학교는 적응이 힘들어서 잠시 쉬고 있나 봐."

"이랑이 엄마도 안 됐네."

"안 되긴 했지만 할 수 없는 노릇이지. 고래동 전체가 이랑이 엄마 하나 때문에 특수학교 문제를 포기할 수는 없는 거니까."

"모두들 난감하겠군."

"어쩐지 그렇게 나서기 좋아하는 사람이 이번 일에 쏙 빠질 때부터 알아봤어. 역시 웃기는 사람이라니까?"

"엄마랑 아빠도 빠지면 안 돼?"

내가 슬그머니 말했다.

"어머, 얘가? 엄마, 아빠는 왜?"

"그냥……."

"이 집 우리 가족이 가진 전부야. 이 집을 지키기 위해서라면 이 엄마, 아빠는 뭐든지 할 거야."

"특수학교가 세워진다고 이 집이 어디 딴 데로 가는 거 아니잖아."

"얘가 점점……?"

"엄마, 아빠도 머리말 어른들 때문에 천 원 공부방이 문 닫았을 때 속상해했잖아. 그런데 장애 학생들을 위한 학교가 지어지는 걸 막는 게 좋은 일인지 잘 모르겠어. 아니, 그건 아주 나쁜 일인 것 같아."

"얘가 지금 무슨 소리를

하는 거야? 천 원 공부방이랑 특수학교랑 같아?"

"차노 말을 듣고 보니 그렇네."

아빠가 조심스레 거들었다.

엄마는 아빠를 향해 눈을 흘겼다.

"내가 다 누구 때문에 이렇게 애쓰는데? 부자가 똑같네, 똑같아. 차노 너는 방학 숙제나 하고 있어. 다녀올게."

엄마는 모자를 단단히 눌러쓰고 집을 나섰다. 아빠도 마

지못해 엄마를 따라 나섰다. 선크
림을 많이 발라서 아빠의 얼굴이
밀가루를 뒤집어쓴 것처럼 보였다.

"차노야! 축구나 하러 가자."

대문 밖에서 대철이의 목소리
가 들려왔다. 우리는 축구공을
번갈아 차며 학교로 갔다.

고래초등학교 앞에는 커다란 천막
이 세워졌다. 천막 앞에는 '무조건
반대', '고래동에는 안 된다' 같은 단
어들이 큰 글씨로 적혀 있었다. 머
리말과 꼬리말 어른들은 매일 하루
씩 번갈아가며 시위를 한다고 했다.

나를 보더니 엄마가 주머니에서 이
천 원을 꺼냈다.

"축구하고 시원한 거 사 먹고 들어

가."

"응."

하지만 축구를 하기에는 너무 더웠다. 우리는 나무 그늘 밑으로 숨어들었다.

"어른들은 왜 저러나 모르겠어."

대철이가 벤치에 벌러덩 눕더니 말했다. 나도 맞은편 벤치에 벌렁 누웠다.

"특수학교가 나쁜 건가? 다 우리 때문이라는데 우리 의견 은 뭐 들은 적이나 있나?"

"맞아. 진짜 우리 의견은 묻지도 않고."

"할쌤 생각난다."

"나도."

매미가 시끄럽게 울어 댔다.

"천 원 공부방만 있었어도 이놈의 바람 빠진 공은 진작 버려 버리는 건데."

"할쌤은 뭐 하고 계실까?"

"돌아가셨겠지 뭐!"

"야!"

내가 벌떡 일어났다. 대철이가 큭큭 웃어 댔다.

"근데 어른들 말이야. 천 원 공부방 없어졌을 때는 그렇게 욕을 하더니, 이제 특수학교 못 들어오게 하는 게 말이 되냐?"

말하고 보니 정말 그랬다. 대철이도 크게 고개를 끄덕였다. 벤치 아래 빈 콜라 캔이 버려져 있었다. 발로 뻥 차 버리려다 말고 주워서 쓰레기통에 버렸다. 어른들의 옳지 못한 일도 바른 쪽으로 옮겨 놓을 수는 없을까? 내가 무언가를 해야겠다는 생각이 들었다. 하지만 내가 대체 뭘 할 수 있을까?

해가 지고 나서야 집으로 돌아온 엄마와 아빠는 무척이나
지쳐 보였다.

"얼굴이 다 탔어. 어쩌면 좋아."

엄마는 오이를 썰어 얼굴에 붙였
다.

"엄마! 어린이는 투표할 수 없
어?"

"투표라니?"

"특수학교 설립 찬반 투표 말이야."

"어린이는 안 돼."

"왜? 어린이도 고래동 주민인데."

"너 아침에도 그러더니 자꾸 쓸데없
는 소리 할래? 이게 다 너희들을
위해서 특수학교 못 들어오게 하려
는 거잖아. 애들은 순진해서 뭘 모
른다니까?"

엄마는 답답해했다.

"다 우리들을 위해서라고? 그럼 우리들의 의견도 들어야 하는 거 아냐?"

"어린애들 의견은 들어서 뭘 해? 다 어른들이 좋은 쪽으로 알아서 해 주는 거지."

"우리들을 위해서 그러는 게 아니잖아! 집값 때문이잖아!"

"어디서 큰 소리를 내니?"

엄마가 벌떡 일어났다. 엄마 얼굴에서 오이가 후둑후둑 떨어졌다. 눈물이 핑 돌았다.

다음 날, 엄마는 아침부터 부지런히 준비해서 시위에 나갔다. 엄마가 집을 나서자마자 대철이가 찾아왔다. 대철이는 들떠 보였다.

"나 할쌤을 만났어!"

"뭐? 어디에서?"

"우리 할아버지가 매일 아침 약수터에 가자고 하셨거든. 그런데 나는 아침에 일어나기 싫어서 한 번도 따라가지 않았어. 그러다가 오늘은 잠이 일찍 깨서 할아버지를 따라나섰는데……."

"말이 길다, 길어!"

"좀 들어봐! 세상에 우리 할아버지와 할쌤이 둘도 없는 약수터 친구였던 거 있지. 할쌤은 그동안 많이 편찮으셨대. 계속 병원에서 요양을 하시느라 연락도 못 하셨던 거래."

"아. 그랬구나……."

할쌤도 마음고생이 심하셨을 거다. 우리와는 비교도 안 될 정도로.

"그래서 할쌤을 어디 가면 만날 수 있는 거야?"

"우리 집!"

"뭐?"

"지금 우리 집에서 할아버지와 장기를 두고 계셔!"

헐레벌떡 대철이네 집으로 가 보니 진짜로 할아버지 두

분이 부채를 부치며 장기를 두고 계셨다. 약간 야위긴 하셨
지만 정말로 할쌤이었다!

"할쌤! 그동안 어디 계셨어요? 네?"

"아이고, 너구나. 말썽꾸러기 이차노."

"할쌤을 얼마나 찾아다녔는지 아세요?"

"귀 따갑다!"

"천 원 공부방이 그렇게 문을 닫고 많이 힘드셨던 거지요?"

"내가?"

"그래서 편찮으셨던 거잖아요."

"내가 왜? 안 그래도 천 원 공부방 때문에 아주 골치 아팠다. 너희들은 말 안 듣지, 여기저기서 문 닫으라고 난리지. 마침 건물 주인한테 쫓겨났을 때 속이 다 시원했다. 시원했어! 장기 두는데 방해하지 말고 저기 가서 놀거라!"

오랜만에 할아버지의 호통을 들으니 눈물이 핑 돌았다. 텅 비었던 마음이 꽉 차는 것 같았다.

"그나저나 고래초등학교 옆에 특수학교가 들어온다지? 너희들이 무슨 꿍꿍이를 가지고 있는 것 같다고 강 영감이 그러던데……."

"어른들은 마음대로 우리의 천 원 공부방을 빼앗았어요.

이제는 특수학교까지 막으려고 해요. 우리들이 공부할 권리가 있는 것처럼 장애 학생도 마찬가지로 공부할 권리가 있는 거잖아요!"

"허허허."

나의 당돌한 말에 대철이네 할아버지가 웃음을 터트렸다.

"김 영감 제자 맞구먼, 맞아! 아주 잘 가르쳤구먼."

"천 원 공부방은 없어졌지만 특수학교까지 막을 수는 없어요! 그건 어른들이 나쁜 거예요!"

"그렇게 생각하느냐?"

"어른들은 자기에게 불이익이 되는 것이 있으면 무조건 없애고 짓밟으려고 해요."

"그래서 어떻게 하려고? 너희 같은 꼬맹이들이."

아무 말도 할 수 없었다.

"그렇다고 가만히 보고만 있을 건 아니지? 꼬맹이들은 아무 힘이 없으니 어른들이 하자는 대로 그냥 가만히 보고만 있을 거냐는 말이다."

"아니요!"

나와 대철이가 입을 모아 대답했다.

"꼭 대단한 것을 해야만 세상이 뒤바뀌는 것은 아니다. 슈퍼맨처럼 인류를 구해야 정의로운 것만도 아니지. 비록 작은 목소리라도 다른 목소리도 있다는 것을 알리는 것. 그게 바로 살기 좋은 세상을 만드는 첫걸음이지."

할쌤은 우리를 보고 미소 지었다.

"그리고 너희들이 또 시끄럽게 굴까 봐 나중에 말해 주려고 했는데 말이다!"

"무엇을요?"

"천 원 공부방! 그거, 다시 열기로 했다."

"네? 그게 정말이세요?"

"에헴. 쫓겨나지 않을 확실한 공간을 찾느라 시간이 좀 걸렸느니라. 우선 공부방을 꾸며야 하니 다음 달부터는 문을 열 수 있을 게다."

꿈만 같았다. 천 원 공부방이 다시 열리다니!

"하. 이 집 너무 더워서 안 되겠네. 강 영감 우리 시원한 노인정이나 가는 게 어때?"

"좋오지!"

할쌤의 등 뒤로 우리는 연신 인사를 했다.

"할쌤. 감사합니다!"

"감사합니다!"

"예끼! 공부방에 나올 때 천 원은 잊지 말고 꼭 가지고 나오거라! 깎아 주는 것도 없지만 인상도 없다. 천 원 공부방이 영영 문을 닫는 그날까지 말이다! 알겠느냐?"

바로 이랑이를 출동시켰다. 빈 교실에 대철이, 이랑이, 그리고 이랑이를 따라 온 주랑이까지 모였다.

"주민 투표까지 아직 시간이 남아 있어. 우리가 고래동 어른들의 마음을 돌려놓자."

내 말에 모두들 깜짝 놀랐다.

"우리가?"

"뭘 어떻게?"

"글쎄 그건 나도 잘 모르겠어."

창문 너머로 보니 천막 안에 머리말 어른들이 가득했다. 오늘은 머리말 어른들의 시위 날인가 보았다. 우리는 겨우 네 명이었다.

"천 원 공부방도 처음엔 겨우 몇 명으로 시작했잖아? 하지만 한 달도 못 돼서 교실이 꽉 찼지. 우리가 시작한다면 점점 더 많은 친구들이 우리와 함께하게 될 거야."

"짜식, 멋진데!"

대철이가 어깨를 툭 쳤다.

"나도, 나도!"

주랑이도 이랑이 어깨에 매달리며 말했다.

"할쌤이 그러셨어. 꼭 대단한 것을 해야만 세상이 바뀌는 건 아니라고. 비록 작지만 다른 목소리도 있다는 것을 알리는 게 중요하다고 하셨어."

"우리의 목소리를 어떻게 내지?"

"나한테 방법이 있어."

다음 날, 우리는 교실에서 다시 모였다. 이랑이가 말했다.

"엄마한테 우리가 하려는 일에 대해 말했어. 엄마도 함께 하고 싶지만 아직은 용기가 없으시대. 대신 꼬리말 친구들에게 전해 달래. 천 원 공부방을 문 닫게 한 거 정말 미안하다고."

"맞아. 이모가 미안하다고 그랬어."

주랑이가 방긋 웃었다.

우리는 피켓을 만들었다. 어른들 것처럼 크고 화려하지는 않았다. 글씨도 삐뚤빼뚤 엉망이었다.

누구나 공부할 권리가 있어요.
고래동에 특수학교를 만들어 주세요.
우리는 특수학교 건립을 찬성합니다.

학교를 나서니 올해 들어 가장 무더운 날이라는 기상청의 예보처럼 햇빛이 폭우처럼 쏟아져 내렸다. 피켓을 잡은 손에 땀이 송송 배어나왔다.

고래초등학교 앞에 피켓을 든 꼬리말 어른들 한 무리가 연신 부채질을 하며 서 있었다.

"너희들 뭐 하는 거냐?"

"어른들이 중요한 일 하는데 방해하면 못써!"

우리가 나타나자 나머지 어른들도 무슨 일인가 하고 천막 안에서 하나둘 나왔다. 그중에는 아빠도 있었다.

"아이고, 차노야. 네가 여기 왜 왔어?"

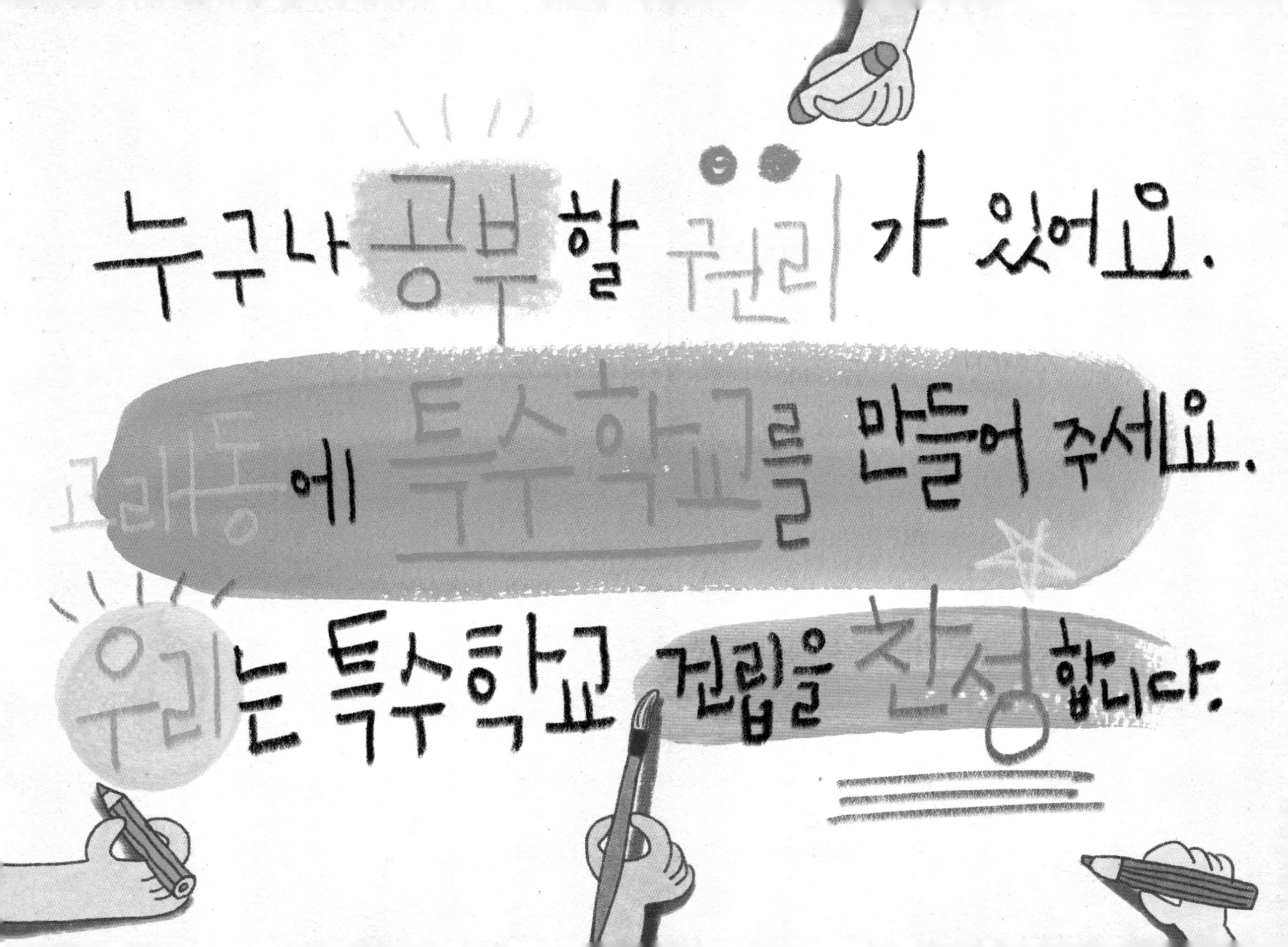
누구나 공부할 권리가 있어요.
고래동에 특수학교를 만들어 주세요.
우리는 특수학교 건립을 찬성합니다.

나는 아무 대답도 하지 않았다. 대신 피켓을 들고 꼬리말 어른들 맞은편에 섰다. 대철이도 이랑이도 주랑이도 그렇게 했다.

　어른들의 눈이 커다래졌다.

　"특수학교 건립을 찬성한다고?"

　"너희들이 뭔데 이 어른들이 반대하는 걸 찬성한다는 거냐?"

　"뭘 몰라서 그러지. 쯧쯧. 특수학교가 세워지면 우리 마을에 좋을 게 하나도 없어요."

　"암, 그렇고말고. 이게 다 너희들 좋은 환경에서 공부 시키려고 우리가 이 고생을 하는 건데 뭘 모른다니까?"

　어른들은 혀를 끌끌 찼다. 아빠만 중간에서 안절부절못했다.

　나는 큰 목소리로 말했다.

　"그래도 저희들은 저희들의 목소리를 낼 거예요."

　"너희들의 목소리를 낸다는 게 뭐냐?"

양지부동산 아저씨가 물었다.

"누구나 공부할 권리가 있다는 거예요."

"하이고, 참 답답하구나. 특수학교가 세워지면 이 마을 집값도 떨어지고 면학 분위기도 엉망이 돼요. 그러니 너희들한테 나쁘기만 한 거야. 왜 그걸 모르니?"

"안 나빠! 나쁜 거 아니야!"

주랑이가 울까 봐 걱정됐지만, 주랑이는 울지 않았다. 나는 피켓을 좀 더 높게 들었다. 그리고 큰 목소리로 말했다.

"모든 분께 드릴 말씀이 있어요. 천 원 공부방이 다시 문을 열 거예요!"

"뭐? 공부방이?"

어른들의 표정이 환해졌다.

"그것 참 잘됐구나!"

"다시 우리 꼬리말 아이들이 공부할 수 있는 공간이 생기겠네요. 다행입니다."

"참 잘됐습니다, 잘됐어."

"암, 그렇고말고요. 다시는 머리
말 사람들이 훼방 놓지 않게
우리가 잘 지킵시다!"

"그럽시다! 머리말 사람들이
또 방해하면 그땐 정말 가만있지
말자고요!

우리 아이들 공부할 수 있는 공간을 우리가 지켜 줘야죠!"

"그럼요. 아이들은 누구나 공평하게 교육받을 권리가 있는 법……."

한참을 들떠서 떠들던 어른들이 한순간 멈칫했다. '아이들은 누구나 공평하게 교육받을 권리가 있는 법…….'이라던 어른들은 더 이상 말을 잇지 못했다. 그리고 헛기침을 해 대기 시작했다.

어른들은 우리들의 눈을 피했다.

다들 아무 말도 못 했다. 우리도 아무 말 하지 않았다.

우리의 진심을, 어른들이 알아주길 바랄 뿐이었다. 다만 작은 목소리라도 어른들이 꼬옥 들어주길 바랄 뿐이었다.

'정의'를 정의하라?

'~은 ~이다.'의 방법으로 뜻을 밝히는 것을 '정의'라고 해요.

> **고래**[명사] 바다에 사는 젖먹이 동물. 물고기처럼 생겼지만 알을 낳지 않고 새끼를 낳아 젖을 먹인다. 허파로 숨을 쉰다.

그렇다면 "정의를 위해 싸우는 스파이더 맨!" 같은 말 속에 쓰이는 '정의'는 어떻게 정의할 수 있을까요? 정의란 무엇일까요?

영화 속 주인공만 정의를 위해 싸우는 게 아니랍니다. 우리도 다양한 상황에서 '정의란 무엇인가?'를 고민해요. '길을 가다가 떨어진 돈을 발견했을 때 어떻게 할까? 학교에 지각할 것 같은 상황에서 길을 잃은 아이가 울고 있는 걸 보았다면 모른 체 학교로 달려가야 하나, 아니면 아이를 도와야 하나?' 같은 고민을 하지요. 배가 침몰할 때 승객들을 놔두고 혼자 탈출하는 선장의 행동을 비난할 때에는 정의롭지 않다고 합니다. 어린이라서, 장애인이라서, 여자라서 혹은 남자라서 차별을 받는 경우에도 정의를 외치며 목소리를 높일 수 있어요. 왜냐하면 인간은 어떤 행동이 옳고 바른지 궁리하는 존재이기 때문이에요. 다시 말해 '정의'란 '언제 어디서나 행동과 마음이 옳고 바른 것'을 말해요.

그렇다면 왜 우리는 옳고 바른 행동을 해야 할까요? 이 질문은 인류가 아주 오랫동안 스스로에게 던진 질문 중 하나예요. 고대 철학자 소크라테스는 인간이 태어날 때부터 지니고 태어난 착한 마음이 '정의'라고 했으며 아리스토텔레스는 사람이 받아 마땅한 대우를 공정하고 평등하게 받는 것이 '정의'라고 했어요. 누구나 착한 마음으로 마땅히 누려야 할 권리를 공정하고 평등하게 나눈다면 사람들 마음속의 행복은 점점 커질 거예요. 맞아요, 정의를 지킬 때 사람들은 행복을 느껴요. 생김새도, 성격도, 언어도, 나라도 모두 다른 다양한 처지에 놓인 사람들이 행복을 느끼며 살 수 있는 사회는 그 구성원들이 정의를 위해 노력하고 있는 사회랍니다.

 생각하며 읽기

인간은 태어날 때부터 착한 마음을 가지고 태어났다고 보는 학설을 '성선설'이라고 해요. 성선설에 동의하나요, 동의하지 않나요? 그 이유도 함께 말해 보아요.

정의란 공정하고 공평한 의무이자 권리

　　현대 철학자인 존 롤즈(1921~2002)는 물질적인 부유함, 자유, 기회 등을 공평하게 나누는 것이 정의라고 했어요. 정의는 특별한 누군가만 차지하는 것이 아니라 모든 사람이 동등하게 누려야 할 가치예요. 아주 오래전부터 정의는 곧 공정함이라고 논의되어 왔지만, 사실 이것이 지켜지지는 않았어요. 피부색에 따른 차별은 지금도 세계적인 논란을 낳고 있으며, 영국이나 프랑스는 100년 전만 해도 여성과 노동자, 농민에게는 선거권이 없었어요. 우리나라 역사에도 양반과 노비의 차별, 문신과 무신의 차별이 있었고, 중세 유럽의 봉건 제도나 인도의 카스트 제도 등 어느 역사에나 계급에 따른 차별은 있어 왔어요. 역사적인 배경을 고려하더라도 이는 결코 정의롭지 않은 상황이라고 할 수 있겠지요.

　　누구나 정의를 공평하게 누릴 수 있도록 사회적으로 보장된 제도가 '법'이에요. 우리나라는 헌법으로 평등권, 자유권, 참정권, 청구권, 사회권을 정해 놓았어요. 국민 모두가 공평하게 누릴 수 있도록 법적으로 보호받는 정의도 중요하지만, 사회의 정의를 위해 한 사람 한 사람이 도덕적 신념을 실천하는 것도 매우 중요해요. 누구나 정의를 누릴 권리가 있지만 의무도 있는 거지요.

미국의 한 범죄학자가 흥미로운 실험을 했어요. 건물의 깨진 유리창을 고치지 않고 그대로 두었더니 사람들은 그곳을 관리가 소홀한 곳, 가까이 가서는 안 될 곳으로 여기기 시작했어요. 그 건물에서부터 잦은 범죄가 일어났고 급기야 그 일대까지 강력 범죄의 온상이 되었다고 해요. 사소한 위반이나 무질서를 한두 번 용납하면 결국 걷잡을 수 없이 확대되고 만다는 걸 증명한 거예요.

'한 번쯤은 괜찮겠지?' 하는 마음들이 모이면 사회의 정의는 지켜질 수 없어요. 사회 구성원들이 함께 행복하게 살기 위해서는 정의라는 가치를, 지키기 위한 의무이자 권리로 기억해야 해요.

깨진 유리창 법칙.
사소한 균열을 모른 체하다가는
걷잡을 수 없이 안 좋은 결과를
낳을 수 있어.

✏️ 생각하며 읽기

모든 사람이 법을 잘 지키는 사회는 안정되고 정의로운 사회예요. 그런데 소크라테스가 남긴 '악법도 법이다.'라는 말은 어떤 상황을 말하는 걸까요?

정의와 처벌

그리스 신화에 등장하는 '정의의 여신'은 한 손에는 칼을, 한 손에는 저울을 들고 있어요. 저울은 한 치의 오차도 없는 엄정하고 공평한 상태를 상징해요. 이렇게 공정한 정의를 실현시키기 위해서는 지혜뿐만 아니라 힘도 갖추어야 해요. 그래서 정의의 여신 한 손에 힘을 상징하는 칼이 들려 있지요. 또한 헝겊으로 눈을 가리고 있는데, 정의와 불의를 판단할 때

눈에 보이는 것만 믿지 않기 위해 눈을 가린 채 어느 쪽으로도 기울지 않는 판결을 내린다고 해요. 정의의 여신 유스티치아(Justitia)의 이름은 정의(Justice)의 어원이기도 해요. 참고로, 우리나라 대법원 앞에 있는 정의의 여신은 전통적인 의상을 입고 한 손에는 저울, 한 손에는 법전을 들고 있답니다.

법을 어기는 행위, 즉 정의를 따르지 않고 불의를 행한 자는 법에 따라 처벌을 해요. 기원전 18년경 고대 바빌로니아의 함무라비 왕은

"다른 사람의 눈을 상하게 했을 때에는 그 사람의 눈도 상하게 해야 한다. 다른 사람의 이를 상하게 했을 때에는 그 사람의 이도 상하게 한다."라고 정했어요. 유명한 "눈에는 눈, 이에는 이."가 여기에서 유래한 거지요. 공정한 처벌이 이루어져야 사회의 정의가 유지될 수 있다고 생각한 왕의 결심이 느껴져요.

얼마 전 사소한 이유로 운전기사를 폭행한 재벌이 고작 300만 원의 벌금형을 받아 국민들의 분노를 샀어요. 한편 형편이 어려워 아기에게 먹일 분유를 훔친 엄마에게는 징역 6개월의 형량이 내려지기도 했어요. 죄에 알맞은 적당한 벌은 어떻게 정할까요? 정의와 불의를 정확하게 판가름해 줄 공정한 신이 있다면 좋겠지만, 죄를 판단하고 처벌을 내리는 것 또한 인간의 몫이므로 사회 정의를 위해 법이 집행되는지 반드시 살펴야 해요.

✎ 생각하며 읽기

이문열의 소설 〈우리들의 일그러진 영웅〉의 주인공 엄석대는 학급 반장이에요. 절대 권력을 휘두르며 반 아이들을 제멋대로 부리고 억눌러요. 그러나 반 아이들 누구도 이에 반항하지 않아요. 이렇게 유지되는 평화는 정의로운 것일까요? 정의롭지 않다면 이런 상황을 만든 것은 엄석대일까요, 순순히 받아들인 반 아이들일까요?

정의와 분배

　오래 전부터 정의를 위해서는 공정하게 나누는 것이 가장 중요하다고 생각했어요. '정의로운 분배'를 위해 많은 사람들이 고민했어요. 모두 똑같이 나누는 것이 오히려 공평하지 않을 때가 있기 때문이에요. 열심히 일한 사람과 열심히 일하지 않은 사람에게 똑같이 월급을 주는 것이 정의로울까요? 다르게 월급을 주어야 한다면 각자의 몫을 적절하게 정하는 기준은 누가 어떻게 정해야 할까요? 사람들의 능력·재산·신분·성격 등 조건과 환경이 모두 다른 상태에서 '공정함'은 어떻게 유지될 수 있을까요?

　사람은 태어날 때부터 각자 다른 출발선에 놓이게 돼요. 그러나 출발선이 다르다는 이유로 차별을 받거나 그 차별이 대물림되는 것은 분명 정의롭지 않아요. 고래동에서 벌어진 일을 보자니 제각기 다른 환경에 놓인 사람들을 모두 만족시킬 만한 '정의'가 무엇인지 생각하게 돼요.

　아이들에게는 동등하게 교육을 받을 권리가 있어요. 그러나 머리말과 꼬리말의 경제적인 조건은 이미 차이가 나요. 사회적으로도 부유한 가정의 아이들에게 더 많은 교육 환경이 주어지는 게 현실이지요. 이런 상황에서 '할쌤'은 꼬리말 아이들에게 공부할 기회를 주는 게 정의롭다고 판단했어요. 그러나 머리말 사람들은 공부방 할아버지의 판단이 불공평하다고 생각했어요.

아이들에게는 동등하게 교육을 받을 권리가 있다고 했지요? 아이들이 부유하든 부유하지 않든, 장애인이든 비장애인이든 말이에요. 장애인들도 똑같이 교육받을 수 있도록 특수학교를 짓는 것은 이 사회가 책임지고 일구어야 할 정의예요. 그러나 그 정의를 지키는 것이 쉽지 않아요. 특수학교가 들어서면 마을에 피해가 온다고 생각하는 사람들 때문이에요. 또한 정의가 실현되면서 실제로 피해를 입는 사람이 생긴다면 그것을 정의라고 할 수 있을지도 의문이에요.

머리말과 꼬리말이 지키려고 하는 정의는 서로 달라 보여요. 이렇게 사회 공동체마다 서로 다른 정의를 주장하기 때문에 사회는 갈등이 끊이지 않아요. 이 갈등을 해결하기 위해 노력하는 길이 정의로운 사회로 나아가는 길이랍니다.

✏️ 생각하며 읽기

우리나라는 65세 이상의 노인에게는 대중교통 요금을 받지 않아요. 이런 무임승차 제도는 사회적 약자를 위한 배려인가요? 아니면 세금으로 지어진 공공시설을 무분별하게 분배하는 제도인가요?